독서만담

독서만담

2017년 2월 6일 1판 1쇄 발행
2017년 5월 30일 1판 3쇄 발행

지은이 박균호
펴낸이 한기호
펴낸곳 북바이북
출판등록 2009년 5월 12일 제313-2009-100호
주소 121-839 서울시 마포구 서교동 484-1 삼성빌딩 A동 2층
전화 02-336-5675 팩스 02-337-5347
이메일 kpm@kpm21.co.kr
홈페이지 www.kpm21.co.kr

ISBN 979-11-85400-52-5 03800

북바이북은 한국출판마케팅연구소의 임프린트입니다.
책값은 뒤표지에 있습니다.

독서만담

책에 미친 한 남자의
요절복통 일상 이야기

박균호 지음

북바이북

머리말

대학 시절 학기의 첫 강의 시간에 교수님께서 생뚱맞게 받아쓰기를 시키셨다. 무려 2시간에 걸쳐서 독서에 관한 글을 받아 적게 하셨는데 그 글의 제목은 기억이 나지 않는다. 분명 과목은 '미국문학'인데 '책을 읽는다고 해서 돈이 되지는 않는다'로 시작되는 글을 무작정 받아 적게 하셨고 백 명이 넘는 학생들은 그 누구도 과목과 교수 내용의 불일치에 대해서 항변하지 못했다.

대학생이라도 꿀밤을 못 때릴 이유가 없다고 믿는 교수님의 심기를 거스를까 얌전하게 불러주시는 대로 받아적기만 할 뿐이었다. 혹여 받아 적고 있는 이 글이 시험에 나올 수도 있다는 순진한 생각에 토씨 하나도 놓칠세라 열심히 받아 적었다. 정년퇴임을 코앞에 둔 노교수님은 매 구절을 심혈을 기울여서 낭독하셨고 그 문장의 아름다움에 도취한 나머지 중간중간 긴 한숨을 내쉬셨다.

왜 미국문학 수업에서 '책을 읽는다고 해서 돈이 되지는 않는다'로 시작되는 글을 받아적어야 했는지 교수님은 나중에라도 설명하지 않으셨다. 느닷없이 '받아 적어'라는 명령 한마디에 두 시간 동안 초등학교 1학년 때의 시절로 되돌아가는 희한한 경험을 했다. 과연 이 글이 시험에 출제될 것 인가 아닌가를 두고 격렬한 토론을 벌였고 결국 영문과에는 상상 그 이상의 일이 발생할 수도 있다는 생각에 각자 알아서 하는 것으로 결론을 내렸었다.

다행인지 불행인지 그 글이 시험에는 나오지 않았다. 지금에야 드는 생각이지만, 시험에 그 글이 출제되지 않은 걸 보면 오히려 그 노교수님의 그 글에 대한 애정이 대단했던 모양이다. '책을 읽는다고 해서 돈이 되지는 않는다'라는 첫 문장 말고는 전혀 그 내용이 떠오르지 않는 그 글은 책을 읽는다고 금전적인 이익이 생기는 것은 아니지만, 장기적으로는 '마음의 양식'이 된다는 식으로 전개되지 않았을까 추측한다.

그 당시 나는 청소년 도서와 만화책을 넘어서 제법 수준이 있는 독서의 세계로 발돋움하려는 시기였는데 역시 '책을 읽는다고 해서 돈이 되지는 않는다'라는 명제에 공감했다. 책을 읽는 것으로 돈을 번다는 생각이 불순하게 느껴졌다. 그냥 달리 다른 취미가 없고 책을 읽는 것이 '재미'가 있으니 읽을 뿐이지 그 어떤 다른 의도나 목표를 염두에 두고 읽지는 않았다.

그로부터 30년이 지난 지금 다시 '책을 읽는다고 해서 돈이 되지는 않는다'라는 말을 다시 생각해본다.

책을 열심히 읽었지만, 아직 부자가 아닌 거로 봐서 확실히 책을 읽는다고 해서 돈이 되지는 않는다는 것을 알겠다. 그렇다고 독서가 단지 읽는 즐거움과 마음의 양식이 되는 것으로 그치지는 않는다는 것도 알게 되었다.

책을 읽음으로써 나는 책을 냈고 작가라는 직업을 하나 더 얻었다. 부끄러움이 많아 다른 사람 앞에 서는 것조차 어려워했던 내가 제법 말문이 트인 것도 독서 덕분이다. 직장에서 필요한 글쓰기를 두려워하지 않게 된 것도 독서 덕분이다.

국내에서 출간되는 대부분의 책의 판매 부수는 2천 권을 넘지 않는다. 우리나라의 인구가 5천만 명이 넘으니 한 권의 책을 읽을 때마다 5천만 명 중에서 단지 2천 명만 아는 지식과 생각을 가지게 되는 셈이다. 한 권의 책을 읽는다는 것은 자신이 속한 직장이나 단체에서 그 누구도 하지 않는 생각과 말을 하는 사람이 되는 것이나 다름없다. 뭔가를 책으로 배웠다는 것은 실전과는 상관없는 이론에만 몰두했다는 것을 뜻하는 것으로 통용된다. 과연 그럴까?

나는 경상도 산골의 천둥벌거숭이로 살다가 결혼을 하고 아이를 키우면서 생각지 못한 문제에 부딪혔는데 그때마다 여지없이 더욱 곤란한 처지에 빠지거나 실패를 거듭했다. 왜 나는 아내와 딸에게 놀림감이 되고 아내와의 냉전에서 패배만 할까 하는 생각을 자주 생각해봤는데 사안별로 진즉에 읽었다면 좋았겠다 싶은 책이 늘 있었다. 사람은 다양한 이유로 힘들지만 다행히도 그 다양한 이유에 대한 해결책을 제시하는 책이 있게 마련이다. 그런 책을 소개하고 싶은 욕구가 이 책을 쓴 동기다.

왜 행운은 나만 피해 다니는 것일까? 왜 나는 항상 패자가 되는 것일까? 라는 자책에 시달리는 사람이 이 책을 읽었으면 좋겠다. 이 책에 실린 가족 에피소드는 기껏 아내와 딸아이와의 기싸움을 겨루는 지질한 남편의 웃기는 일상이지만, 사건별로 소개된 책은 독자 여러분들의 삶을 더욱 빛나게 할 것이라는 욕심을 가져본다.

제아무리 첨단 기기가 발달하고 정보의 공유가 쉬워진 세상이지만 여전히 가장 접근하기 쉽고 믿을 만한 지식의 원천은 책이다. '책을 읽는다고 해서 돈이 되지는 않는다'라는 명제는 다시 쓰여야 한다. 천국으로 가는 길은 수많은 책으로 뒤덮여 있다.

2017년 1월

박균호

차례

1장 : 하나도 쓸모 없는 책 이야기

2장 : 지질한 아저씨의 위대한 패배

3장 : 오늘도 나는 괜찮다

1장
하나도 쓸모 없는 책 이야기

나의 숙원 사업은 아직 남아 있다.
소파가 차지하고 있는 마지막 한 벽을 책장으로 채우려는 야욕 말이다.
물론 서재의 소파에서 편안하게 독서를 하는 것도 매력적이지만
그래도 장서가에게 일순위는 의미 있는 장서의 증가이지
독서의 안락함이 아니다.

"

절판본과 탐욕의 끝

일본 서점 업계의 존경받는 스승이자, 80세가 넘는 고령에도 불구하고 일본의 유서 깊은 고서점가 '진보초'를 이끄는 전설의 책방지기 시바타 신은 일본을 대표할 만한 작가 미시마 유키오가 도쿄 이치가야의 자위대 주둔지를 점거했다는 뉴스를 본 순간 동원할 수 있는 현금을 끌어모아서 '고단사' 출판사로 달려갔다고 한다(『시바타 신의 마지막 수업』, 이시바시 다케후미 지음, 남해의봄날, 2016).

부연 설명을 하자면 『금각사』의 저자 미시마 유키오가 할복

자살을 하려는 기미가 보이자 서점을 운영하는 시바타 신이 미시마 유키오의 저작물을 출간하는 고단샤에 현금을 들고 달려갔다는 이야기다. 미시마 유키오가 자살하면 그의 책이 불티나듯이 잘 팔릴 터이니 미리 현금을 주고 그의 책을 확보하겠다는 심산이었던 것이다.

이 구절을 읽고 처음에는 책을 많이 파는 것도 중요하겠지만, 너무 냉혹하다는 생각이 앞섰다. 미시마 유키오는 지나치게 우파적인 언행으로 '기인' 취급을 받기도 했지만, 그래도 『금각사』의 저자이며 전후 일본 문화를 대표하는 아이콘이었다. 책을 파는 것도 역시 장사이며 서점 주인도 장사꾼이라는 생각과 함께 '인간은 경제적 동물'이란 말이 아주 오랜만에 떠올랐다.

타인의 소중한 추억 따위

정도의 차이는 있을지언정 헌책과 절판본을 꽤 오랫동안 수집해온 나만 봐도 시바타 신을 냉혹하다고 말할 처지는 아닌 것 같다. 따지고 보면 내 서재에 쌓여 있는 많은 절판본이나 희귀본은 다른 수집가나 장서가의 피와 땀의 결정체이기 때문이다. 부동산 투자에 관심 있는 사람 중에는 다른 사람들의 불행을 이용해서 이득을 취한다는 이유로 경매로 나온 매물을 사지 않는 경우가 많다. 그런데 나는 희귀본을 구하면서 그런 연민을 느낀 적이 없다.

당장 용돈 몇 푼이 궁해서 내놓은 가난한 대학생의 희귀본을 거리낌 없이 에누리해서 사기도 하고, 탐나는 희귀본을 손에 넣기 위해서 비열한 짓을 마다치 않았다. 한때 유행했던 개인 간 헌책 거래 사이트에서 희귀본을 차지하기 위해 판매자와 다른 구매자 사이에서 실랑이를 벌이기도 했다. 심지어 이런 일도 있었다. 한 유명한 희귀본 판매자가 헌책 수집가라면 누구나 탐낼 만한 희귀본을 판매 리스트에 올렸는데, 그걸 차지하겠다고 조카뻘 되는 학생들과 누가 먼저 구매 희망 댓글을 달았는지를 놓고 이메일로 논쟁을 벌인 것이다. 이런 일이 한두 번이 아니다.

급기야 애먼 판매자와도 댓글로 논쟁을 벌였다. 이건 마치 용돈을 더 달라고 부모에게 떼를 쓰는 초등학생이 따로 없었다. 하도 거칠게 논쟁을 하다 보니 자연스럽게 판매자와도 껄끄러운 사이가 되었다. 앞으로 당신과는 거래하지 않겠다고 당당히 선언했는데 참새가 방앗간을 어떻게 떠날 수 있단 말인가?

얼마 지나지 않아서 그 판매자가 팔겠다고 내놓은 책이 너무 갖고 싶었는데 차마 구매하겠다는 댓글을 달지 못하고 전전긍긍하다가 결국 꼼수를 생각해냈다. 판매자가 알지 못하는 다른 이메일 계정을 이용해서 책을 사겠다는 메일을 보낸 것이다. 약

간만 치사하면 세상이 즐겁다고 하지 않았는가?

판매자에게 금세 답장이 왔다. 그 책을 나에게 팔겠단다. 그런데 그다음 말이 나를 기겁하게 했다. 팔긴 팔겠는데 혹시 저번에 본인이랑 댓글로 대판 싸운 '박 선생'이 아니냐고 물어왔다. 그뿐만 아니라 "저번에 나랑 싸운 뒤라 민망해서 다른 이메일 계정으로 연락한 것이 아니냐"라는 정확한 추측까지 덧붙였다. 나는 즉시 답장했다. "그때 그 사람이 누군지 나는 모르겠다. 난 당신과 처음 거래한다"라고 말이다.

내가 아끼는 웅진지식하우스에서 나온 희귀본 '20세기 일문학의 발견' 시리즈를 살 때도 나의 지질함과 몰염치는 여전했다. 참고로 '20세기 일문학의 발견' 시리즈는 20세기의 막바지인

1994년 오에 겐자부로의 『인생의 친척』을 시작으로 1997년 아쿠타가와 류노스케의 『어느 바보의 일생』을 끝으로 완결된 열두 권짜리 일문학 전집이다.

훗날 『제국의 위안부』로 고초를 겪게 될 박유하 교수가 기획 책임을 맡은 이 시리즈는 구성이 알찬 데다 '우아하고 감상적인' 표지 디자인 덕분에 절판되자마자 헌책 사냥꾼들의 표적이 되었다. 한 헌책 판매자가 매일같이 20~30권 정도 판매 목록을 올렸는데, 나는 그간의 거래 실적을 빌미로 단골에 대한 기득권을 요구하여 그날 올릴 책 목록을 미리 알아낸 다음 쓸 만한 책들은 싹쓸이하는 만행도 서슴지 않았다. 그 양반의 '20세기 일문학의 발견' 시리즈가 한두 권씩 판매 목록에 올라올 때마다 떨어지는 홍시를 입으로 받아먹듯이 내 수중에 넣었는데 결정적으로 마지막 두 권만은 판매하지 않겠다고 선언했다.

다급해진 나는 나머지 두 권을 판매해달라고 온갖 회유와 읍소를 했지만 그는 요지부동이었다. 심지어 값을 두 배로 쳐주겠다는 히든카드를 제시했음에도 그는 단호히 나의 제의를 거절했다. 이유를 물으니, 아내가 그 두 권에 대한 애착이 너무 강해서 도저히 팔지 못하겠다는 것이다. 젊은 시절의 추억이 담겨 있는 책이라고 한다. 그러나 열두 권 중 열 권을 채웠는데 두 권을 마저 손에 넣지 못한다면 헌책 수집가로서의 체면이 서지 않는다는 사명감에 나는 그에게 매일 문자로 연락하는 스토커와 다름없는 행각을 자행했다.

어차피 열 권을 나한테 팔았는데 나머지 두 권은 가지고 있어서 뭐할 거냐는 투정으로 시작해서, 그간의 정을 봐서라도 제발 팔아달라는 호소를 거쳐서, 아내 몰래 팔아넘기라는 회유에 이르는 모든 수단을 동원한 끝에 간신히 구한 열한 번째가 다자이 오사무의 『인간 실격』이며, 끝내 손에 넣지 못한 통한의 물건이 아쿠타가와 류노스케의 『어느 바보의 일생』이다.

수집 목록을 채우기 위해 타인의 소중한 추억 따위는 전혀 배려하지 않은 탐욕의 끝을 보여준 사람이 나였다.

허, 이거 참

어디 그뿐인가? 한번은 인터넷 도서 커뮤니티에서 책만 좋아하는 한 바보가 "꼭 구하고 싶은 책"이라면서 『워터멜론 슈가에서』(어진소리, 1995)를 극찬했다. 이 책이 훗날(2007년) 비채 출판사에서 재출간되기 전의 일이다. 나는 어떤 책인지도 몰랐지만, 그의 극찬과 희귀본이라는 이유로 『워터멜론 슈가에서』를 찾아 나섰다. 얼마 뒤에 그 책을 한 헌책방에서 발견했는데 이 책의 희귀함을 알려준 그 책만 읽는 바보에게 알리지 않고 내가 냉큼 사버렸다. '바보 같은 녀석 같으니, 라이벌을 스스로 만들다니'라는 비웃음과 함께 말이다.

그렇다고 내가 희귀본의 전쟁터에서 늘 승리자였던 것은 아니다. 윌리엄 A. 유잉의 『몸』(까치, 1996)이라는 책을 애타게 구하고 있던 시절, 한 수집가가 옥타비오 파스의 『태양의 돌』(청하, 1986)이라는 책을 구해주기만 하면 자신이 소장하고 있는 『몸』을 나에게 팔겠다는 제의를 해왔다. 인터넷 헌책방을 다 뒤져서 마침내 『태양의 돌』을 구해주었다. 그리고 나도 보상을 요구했다. 당연한 권리 아닌가. 내가 알려준 소스를 받아 주문을 완료한 그는 보상을 요구한 나의 점잖은 덧글에 "허, 이거 참"이라는 짧은 댓글만을 남기고 그 도서 커뮤니티에 아주 오랫동안 나타나지 않았다.

“

책 수집의 괴로움

장서는 그 주인과 운명을 함께한다. 여기서 말하는 장서란 그 주인이 수십 년 동안 자신의 취향과 필요 때문에 '한 땀 한 땀' 일군 책의 컬렉션을 말한다. 지적으로 보이기 위해서 읽지도 않을 책을 장식용으로 마련했거나, 주위에서 선물받은 것으로 채워져 있거나, 특별한 목적의식이나 기호가 아닌 그냥 방치된 책의 무더기는 장서가 아니다. 그래서 장서를 잠시만 둘러보면 그 사람이 어떤 인생관을 가지고 있으며, 어떻게 살아왔는지를 알 수 있다.

부모의 인생관과 가치관이 항상 자식에게 고스란히 옮겨지는 것은 아니므로 부모의 장서라고 해서 반드시 자식에게 귀한 대접을 받지는 않는다. 부모가 죽으면서 자신의 장서 거취를 언급하는 경우는 명색이 책 수집가의 장서가 100권이 채 안 되는 경우가 허다했던 중세 시대 이전의 일이지 현대에 들어와서는 듣지도 보지도 못했다. 진돗개가 그렇듯 장서는 한 주인만을 섬긴다. 주인을 잃은 장서는 안타깝지만, 애물단지에 지나지 않는다. 마치 주인이 세상을 떠나면 버림받는 유기견의 신세와 비슷하다.

장서가의 자식들은 돈의 분배로만 싸우지 장서를 가지고 싸우지는 않는다. 물론 그 장서가 문화재급의 희귀본이어서 '돈이 되는' 경우는 예외겠지만. 장서를 의도치 않게 떠안은 자식들은 대개 헌책방이나 고물상에 무게를 달아 팔아넘긴다. 장서의 수가 많지 않다면 재활용 상자에 버리는 경우가 많다. 이런 이유로 헌책이나 희귀본 수집가들에게 최고의 대박 기회는 다른 교양 있는 장서가의 죽음이다.

서재의 주인이 죽으면

추리 소설이라면 어린 시절 『셜록 홈스』 이후로 담을 쌓고 있는 내가 시리즈의 새로운 권수가 나오자마자 잽싸게 사서 읽고 있는 책이 있다. 『비블리아 고서당 사건 수첩』(디앤씨미디어, 2014~2015, 전 6권)이다. 잘 읽지 않는 장르임에도 불구하고 이 책을 읽는 이유는 요즘 보기 드문 고서점에서 일어나는 사건들을 다루고 있고 또 독서광인 여자 주인(시노카와)의 책에 관한 지식의 향연 때문이다. 시노카와가 다양한 희귀본의 가치를 설명하고, 수족처럼 그 희귀본들을 귀하게 여기는 구절을 읽을 때마다 책을 사랑하는 한 사람으로서 그 이야기들이 귀하고 반갑다. 여담이지만 사람의 취향은 다 비슷한가 보다. 이 소설의 주인공 시노카와는 인기가 많아서 피규어로도 출시되었다. 소설 속의 인물이 피규어로 출시되었다니 과연 일본의 출판 시장은 우리와는 차원이 다르다.

이 책에는 고서점의 주인인 시노카와가 서재의 주인이 죽어서 책을 처분하고자 하는 사람의 집에 출장 가는 장면이 나온다. 서재의 주인이 죽으면 그 사람의 장서는 애물단지가 되는 것은 국경을 불문하는 모양이다.

그런 측면에서 나의 고조할아버지는 운이 참 좋은 분이다. 무려 4대손인 내가 당신의 서책을 고이 보관하고 있으니 말이다. 문화재급의 서책도 아닌 이름 없는 유학자의 문집과 서책이 4대손에 의해서 소장되고 있는 경우는 흔하지 않다. 물론 내가 고조할아버지의 장서를 고이 모시고 있기는 하나 반쪽짜리 소장에 지나지 않는다. 온전히 고조할아버지의 장서를 보관한다는 것은 내가 그 책들을 읽고 감흥을 느끼며 활용해야 한다는 뜻이다. 그러나 오로지 한문으로만 된 고조할아버지의 서책들을 나는 단 한 권도 읽지 못한다. 그냥 후손이 된 도리로 보관만 하고 있을 뿐이다. 만약 나의 후손이 내 책을 보관하고 있기는 하나 전혀 읽지 않는다면 그게 무슨 의미가 있겠느냐는 생각이 든다.

안방을 서재로 삼는 비결

내 서재의 문제로 넘어가보자. 내가 두 눈을 시퍼렇게 뜨고 있는 지금도 내 서재의 장서는 풍전등화 또는 백척간두에 있는 신세다. 집 안에서 제일 큰 방을 서재로 쓰고 있는 데다 아내가 거짓말 다음으로 혐오하는 먼지의 온상이 내 서재다. 말하자면, 내가 죽고 나서 서재의 거취를 따질 신세가 아니라는 뜻이다. 이사를 하자는 아내의 의견에 애써 반대 의견을 내는 이유 중의 하나가 이 거대한 서재를 새로운 집에서 구축할 수 없다는 위기감 때문이다.

처음부터 이 서재를 쉽게 마련한 것은 아니다. 큰 규모의 서재가 얼마나 아름다운지를 미리 보여주고자 위층 대학교수님 댁에 아내와 동행 방문하여 아내에게 장식으로서의 책의 위용

을 유감없이 보여주었다. 덕분에 일단 그 교수님 댁처럼 집에서 제일 큰 방을 서재로 삼았고 한쪽 벽면을 오롯이 책을 많이 꽂을 수 있는 맞춤 책장으로 채웠다.

아내에게 큰 경사가 있을 때마다 한 면 한 면 책장을 더 추가했고 마침내 남부럽지 않는 멋진 서재를 간신히 일궈낼 수 있었다. 물론 나의 숙원 사업은 아직 남아 있다. 소파가 차지하고 있는 마지막 한 벽을 책장으로 채우려는 야욕 말이다. 물론 서재의 소파에서 편안하게 독서를 하는 것도 매력적이지만 그래도 장서가에게 일순위는 의미 있는 장서의 증가이지 독서의 안락함이 아니다.

그런데 이사 얘기가 거론되면서 나의 '서재개발 5개년 계획'

이 미처 완료되기도 전에 폐기될 위기에 처했다. 우선 급한 대로 '내 서재의 공익성'을 적극적으로 홍보하기 시작했다. 딸아이의 과외 공부의 공간으로 서재를 사용하게 했으며, 국어교사인 아내에게는 직업의 특성상 독서의 중요성은 아무리 강조해도 지나침이 없으니 서재를 적극 활용하라고 권하는 동시에, 아내가 어떤 책을 읽고 싶은데 내 서재에 그 책이 있는지를 물어보면 열 일을 제쳐두고 그 책을 찾아주었다.

그리고 서재에서는 항상 책만 읽고 집필만 하지 프로야구 시청 따위는 하지 않기로 했다. 서재라는 곳이 가족과 대화는 하지 않고 혼자 처박혀서 노트북으로 야구 중계나 보는 불순한 곳이라고 아내가 인식하게 되면 안 된다. 또한 책을 살 때 아내의 취향을 적극적으로 고려하기 시작했다. 최고 권력자가 서재의 이로움을 몸소 느끼게 해야지 하층민의 이익에만 충실하게 서재를 채워서는 안 된다.

아내가 서재를 방문해서 예전처럼 '읽을 만한 책이 없다'거나 '하나같이 책이 모두 고리타분해'라는 평가를 하게 해서는 안 된다. 그러려면 아내 입에서 "혹시 ×××라는 책이 있어?"라는 문의가 들어왔을 때 그 책이 반드시 있어야 하고 냉큼 아내의 손에 들려줄 수 있어야 한다. 그래야 내 서재가 살아남을 수 있다. 아내가 록 밴드 국카스텐에 심취해서 하현우가 가사를 짓는

데 영감을 받았다는 신형철의 『몰락의 에티카』(문학동네, 2000)가 서재에 있느냐고 물어왔을 때 그 순간 내 인생의 독서와 장서 활동의 보람을 다 느꼈다. 아내에게 "그 책 당연히 있지"라고 대답할 수 있었기 때문이다.

직장 때문에 집을 떠나 멀리 포항에 있는 것이 천추의 한으로 느껴졌다. 전화로 그 책의 위치를 아내에게 오랫동안 아주 즐거운 마음으로 설명해준 것으로 모자라 혹시 아내가 그 책을 복잡하고 어지러운 내 서재에서 찾지 못할까 봐 밤잠을 설쳤다. 아내가 찾지 못하거나 혹시 찾다가 귀찮아서 포기하지는 않을까 하는 별의별 걱정을 다 했더랬다.

그러나 아내에게 서재의 존재 여부를 결정하는 중요한 요소를 따진다면 지식의 향유보다 더 우선되는 조건이 있다. 그것은 바로 '청결'이다. 서재를 유지하려면 먼지와는 담을 쌓아야 하며, 홀아비 냄새로 다른 청정 지역을 오염시켜서도 안 된다. 그래서 나는 우리 집의 VIP가 불시에 방문했을 때를 대비해서 수시로 서재를 닦고 조이고 기름을 치곤 한다. 서재를 구축하기는 쉬우나 그 수성은 어렵디어렵다.

"

헌책으로 읽어야 제맛

나의 '장비병' 역사는 깊다. 장비병이란 무슨 취미 생활을 하든지 실력은 연습이나 공부보다는 어떤 장비를 사용하느냐에 판가름 난다고 생각하여 장비를 자주 교체하는 증후군을 말한다. 내가 처음으로 장비의 중요성을 인식하고 장비병 증세를 보인 것은 고등학교 시절이었다. 어처구니없게도 영어 공부에서 장비가 무척 중요하다고 생각해서 온갖 좋다는 참고서는 모두 사 봤더랬다. 영어 공부에 왕도가 있다고 생각했다.

우리 세대에게 영어 공부는 정해진 순서가 있었다. 그 유명한

『성문 기본영어』와 『성문 핵심영어』를 거쳐서 『성문 종합영어』라는 영어 공부의 『논어』에 도달하는 경로였다. 싹수가 이미 없었던 나는 모두가 가는 이 길을 일찌감치 무시했다. 지나치게 건조하며 지루한 책으로 여겼다. 내가 생각해낸 꼼수는 각 영어 참고서의 초반부만 공부하고 다른 책을 사서 또 그 책의 초반부만 공부하는 방식이었다.

한 책을 오랫동안 끼고 공부하는 것을 지루해했다. 영어 참고서마다 목차가 조금씩 다르니 각 책의 초반부만 공부하다 보면 지루하지도 않고 영어 전반을 꿰뚫게 된다는 나름의 이론이었다. 이 공부 방법은 누구나 예상할 수 있듯이 실패로 돌아갔다. 이유는 간단하다. 정작 영어 시험 문제는 내가 공부한 초반부에서 출제되지 않았기 때문이다. 거의 모든 영어 학습서의 초반부는 맛보기 코너지 중요한 파트가 아니다.

두 번 사도 괜찮아

책을 좋아하고 모으면서부터 나의 장비병은 위중해졌다. 탐욕이라고 여겨도 무방할 정도였다.

내가 아끼는 『숨어사는 외톨박이』가 절판되었다는 사실을 알고서부터 그야말로 눈에 보이는 대로 매집을 하기 시작했다. 그

결과 1977년에 나온 초판본 2질, 1993년에 나온 재판본을 무려 5질 소장하고 있다. 내가 나의 첫 책 『오래된 새 책』(바이북스, 2011)에서 언급한 이후로 중고책방에서 이 책을 구하기가 더 힘들어졌고 가격도 많이 올랐다. 『오래된 새 책』에 언급한 대부분의 '오래된 책'들은 나의 바람대로 '새 책'이 되었다. 재출간된 것이다. 그러나 『숨어사는 외톨박이』는 영원히 새 책이 될 가능성이 없다는 점이 아쉽다.

고양이를 좋아하는 사람에게 꼭 권하고 싶은 시리즈 '노튼 3부작'(미디어2.0, 2006)은 장정이 참 예쁘다. 『파리에 간 고양이』

『프로방스에 간 고양이』『마지막 여행을 떠난 고양이』 이 세 권의 책을 북 케이스에 담아서 '노튼 3부작'이라는 제목으로 출시했는데, 저자 피터 게더스가 감사를 표했을 정도로 디자인이 훌륭하다.

애초에 고양이를 혐오했던 피터 게더스가 고양이 노튼을 만나 사랑에 빠지고 동고동락했던 인생 역정을 담은 이 책은 아쉽게도 지금은 낱권으로만 구할 수 있다. 일찌감치 '노튼 3부작'을 구매한 나는 훌륭한 디자인에도 불구하고 북 케이스의 등이 탐탁지 않았다. 책등이 아치형이어서 반듯한 다른 책들의 중간에서 마치 반란이라도 일으키는 듯한 불협화음이 느껴졌다. 그 케이스 하나 때문에 뭔가 책장이 정리되지 않고 어수선한 느낌마저 들어서 아쉽지만 인터넷 북카페에서 무료 분양을 했고 '나눔천사'라는 칭호를 얻었다.

점차 시간이 흐르자 몇 년이 지나도 그 예쁜 표지와 아기자기한 고양이와의 에피소드가 기억에서 사라지지 않았다. 문제는 북 케이스에 담긴 세트 '노튼 3부작'은 더 이상 새것으로는 구매할 수 없다는 점이었다. 그러나 내가 누구인가. 한때나마 헌책 수집계의 에이스였던 자답게 호되게 비싼 값이긴 하지만 구할 수 있었다. 서가에서 불협화음을 만드는 둥근 책등을 상쇄할 만큼 따뜻하고 아름다운 책이기 때문에 다시 영입한 것이다. 그런데 재미나게도 막상 책을 받고 보니 눈엣가시였던 둥근 책등이 납작해져 있었다. 나처럼 까다로운 독자가 출판사에 항의 전화라도 한 것인가? 제발 책등을 활 모양이 아닌 납작한 모양으로 만들어달라고. 사실 관계를 확인할 수는 없지만 정말이지 미디어2.0은 참 호감이 가는 출판사다. 이런 훌륭한 출판사가 2014년 이후로 새 책을 내고 있지 않다는 사실이 나는 무척 슬프다. 부디 번성하라, 미디어2.0.

사진집을 좋아하는 내가 '결정적인 순간의 환희'를 고집한 '앙리 카르티에 브레송'을 지나칠 리가 없다. 표지 디자인의 무성의함을 이데올로기로 삼는 까치 출판사에서 드물게 호화 장정과 세련된 디자인으로 낸 거의 유일한 책이 『앙리 카르티에 브레송 그는 누구인가?』다. 무려 이탈리아에서 인쇄한 고급스러운 사진집이라 10만 원이 넘는 가격에도 불구하고 선뜻 주문했다. 행복하게 이 책을 껴안고 잘 살았는데 우연히 이베이를 검색하다가 비슷하지만 좀더 세련된 앙리 카르티에 브레송의 사진집을 발견했다.

『Henri Cartier-Bresson: The Man, the Image and the World』라는 사진집을 역시 억 소리 나는 배송비를 부담하고 주문했다. 그런데 맙소사. 그 책은 까치에서 나온 『앙리 카르티에 브레송 그는 누구인가?』와 제목과 표지 디자인만 다를 뿐 속 내용은 같은 책이었다. 사진계의 거장을 대표하는 웅장한 두 권의 사진집은 내 서재 제일 아래 칸에서 나란히 서 있다.

절판에 대한 선견지명

아마도 책에 대한 나의 장비병이 극에 달한 시점은 가장 사랑하는 소설 조지수의 『나스타샤』(베아르피, 2008)를 읽고 감동을 한 때였을 것이다. 저자가 철학자이기도 해서 소설 곳곳에 펼쳐져 있는 감동적이고 여운을 주는 경구와 캐나다의 재미있는 문화 그리고 치명적인 사랑이 어우러진 한 편의 오페라와도 같은 소설인데, 어디서 들었는지 기억은 나지 않지만, 이 멋진 소설이 절판될 것이라는 이야길 들었다.

나는 피난민이 집안의 귀한 물건을 챙기는 것처럼 이 책을 모으기 시작했다. 얼추 20권이 내 서재에 쌓여 있었다. 물론 내가 이런 만행을 저지른 것은 다시 읽기 위해서이기도 했지만, 주위 사람들과 이 아름다운 소설을 읽는 즐거움을 공유하고 좋은 책을 추천하는 책 전문가로서의 위용을 자랑하기 위해서이기도 했다. 조금씩 사 모으다 보니 어느덧 대주주가 되어버린 주식 투자자처럼 나는 『나스타샤』를 출간한 출판사보다 더 많은 수를 집에 쌓아둔 사람이 되었다.

그런데 어찌하나? 내 예상처럼 절판이 되긴 했지만 다른 출판사에서 새로운 판형으로 재출간되어버렸다. 그러나 아쉬움은 없다. 내가 보유한 구판의 표지 디자인이 신판의 그것보다 더 품위가 있고 고급스럽기 때문이다. 어쨌든 나는 『나스타샤』를 지금까지 주위에 꾸준히 나눠주고 있고 이제는 단 두 권만 내 서재에 남아 있다. 물론 지혜정원 출판사에서 2011년에 새로 출간한 신판도 구매했다. 디자인과 장정은 실망스러웠지만, 혹여 단 몇 줄이라도 다시 쓴 구절이 있을지 궁금했기 때문이다.

편리함보다는 추억이 우선

내가 글쓰기의 교재로 삼거나, 머리맡에 두고 항상 아무 쪽이나 펼쳐서 보는 책이 있다면 그건 김현의 저작물이다. 그의 한국어 표현은 유려하며 내용과 통찰력이 깊고 뛰어나다. 그래서 김현의 전집을 구해서 읽고 또 읽는다. 그의 저작 중에 대중에게 가장 잘 알려진 책은 아마도 『행복한 책읽기』(문학과지성사, 1992)가 아닐까. 출간된 지 20년이 훌쩍 넘은 이 책은 아직도 독서 에세이계 조상으로서의 위치를 잃지 않는다. 그리고 꾸준히 팔리고 읽힌다. 이 책을 단순히 독서 에세이로 여기는 사람은 드물다. 그만큼 그의 독서론은 깊고 명확하며 울림이 크다.

여느 독자들처럼 이 책을 자주 들춰 보던 중 2015년 12월에 개정판이 나왔다. 표지 디자인은 간결하면서도 품위가 있다. 장정이나 폰트도 요즘 세대에 맞게 시원시원하고 고급스럽다. 이쯤에서 말해야 할 것 같은데 나는 끊임없이 재독해도 새로운 감동을 주는 좋은 책은 개정판이 나오면 구해서 읽는 편이다. 고등학생 시절 영어 참고서를 바꿔가며 공부했던 데서 생긴 버릇이다. 가령 『안나 카레니나』를 민음사 판으로 읽었다면 다음번엔 문학동네 판으로, 그 다음번엔 범우사 판으로 읽는다.

아무리 명작이라지만 같은 판형, 같은 번역으로 두 번 이상 읽는 것은 적어도 내게는 어려운 일이다. 같은 소설이라도 여러 출판사의 다른 버전으로 읽는 것이 나는 좋다. 같은 책인데 다른 느낌으로 읽는 것이 좋다. 이것이 바로 장비병 증세다.

김현의 『행복한 책읽기』도 2015년에 새로운 판형이 나와 구입해서 다시 읽었다. 그런데 이상하게 분명 1992년에 나온 초판보다 모든 면에서 가독성이 뛰어나지만 어쩐지 김현의 향기가 구판보다 덜 느껴지는 희한한 경험을 했다. 김현의 저작은 눈이 좀 아프더라도 누런 구형 종이 위에 오밀조밀 박힌 글씨로 읽고 싶다는 욕구를 느낀 것이다.

이제 막 진지한 독서를 시작한 대학 시절이나 초보 직장인 시절에 나왔던 책은 그 시절의 책으로 읽어야 제맛이 느껴진다. 적어도 나는 그렇다. 그러고 보니 손오공이 한때 드래곤볼을 구한 것처럼 한 권 한 권 구색을 갖춰가면서 구한 '20세기 일문학의 발견' 시리즈가 대부분 새로운 판형으로 출간되었고 물론 나는 그것들을 다시 구매했지만 어쩐지 읽을 때는 구판으로 손이 간다.

같은 이유로 에드워드 기번의 『로마제국쇠망사』도 호화스럽고 읽기에도 편한 민음사 판(2010)보다는 마치 고등학교 시절의 교과서 판형과 비슷하며 곰팡이까지 슨 대광서림 판(1990)을 더 자주 집어 든다. 눈을 비벼가면서 간신히 읽고 가끔 돋보기를 써야 편하겠다는 생각이 들지만 편리함보다는 추억이 우선 아닌가.

“

파평윤씨와 함께한 도스토옙스키

뭔가를 수집하다 보면 본인 스스로가 ‘광기’에 치달았다고 느껴지는 순간이 있다. 희귀본을 수집했던 나에게는 『숨어사는 외톨박이』를 눈에 뗄 때마다 사 모은 순간이 광기로 향하는 첫 번째 조짐이었다.

우리 업계에서는 ‘도본좌’라는 별명을 가진 도스토옙스키의 전집이 나의 광기를 완성한 책이었는데, 18권이나 되는 시리즈라서 ‘피’와 ‘땀’이 필요한 대과업이었다.

빨갱이 버전의 도본좌

열린책들에서 출간된 '도스또예프스끼 전집'(2002)이 절판되었다는 소문을 듣고 내 귀를 의심했다. 세상에서 가장 유명한 소설가 중의 한 명이 분명한 도스토옙스키의 전집이 절판된다는 것은 상상하기 어려웠다. 더구나 이 책을 낸 열린책들은 사장이 이 책을 내기 위해서 출판사를 차렸다는 소문이 있을 정도로 러시아 문학에 대한 애착이 강하기로 유명한 터였다.

부랴부랴 확인을 해보니 과연 사실이었다. 당시 서점에서 구매할 수 있는 '도스또예프스끼 전집'은 2002년에 나온 양장본이었다. 각 권의 표지가 뭉크의 그림으로 장식된 아름다운 전집이었다. 표지가 전체적으로 빨간색이어서 우리 헌책 수집 업계에서는 이를 '빨갱이'라고 불렀다. 굳이 '빨갱이'라는 별명으로 명명한 것은 이 버전보다 앞서, 그러니까 2000년에 나온 푸른색 초판 '도스또예프스끼 전집'과 구별하기 위함이었다.

푸른색 초판 '도스또예프스끼 전집'은 그 당시 출판계와 독서가로부터 큰 화제를 불러일으켰다. 우선 중역이 아닌 러시아 원문을 우리말로 직역했다는 점과 해적판이 아닌 정식 계약을 맺어 제대로 출간된 책이었기 때문이다. 이 초판의 장정과 디자인은 훌륭했고 글자도 커서 가독성도 뛰어났다. 그러나 호사다마라고, 열린책들이 미처 생각지 못한 불운이 하나둘 터져 나오기 시작했다. 우선 오탈자가 여러 곳에서 발견되었다. 열린책들이 어떤 출판사인가? 매년 편집 매뉴얼을 출간할 정도로 편집과 오탈자에 철저하기로 소문났고, 국내 출판계에서 빈번하게 발생하는 오역을 신랄하게 비판한 전력도 있는 곳이었다.

독자들 사이에서 슬슬 불만이 터져 나오던 찰나 결정타가 터졌다. 번역가의 실수 때문에 『까라마조프 씨네 형제들』 하권에서 아예 한 페이지 분량이 누락된 것. 출판사는 부랴부랴 누락된 페이지를 삽입해서 기존의 구매자에게 배송하긴 했지만 이미 사태는 수습이 불가능한 상태였다.

모두의 기대와 환호를 받으며 화려하게 등장했지만 그 결말은 비참했던 로마 황제 네로의 운명을 닮은 푸른색 초판본 '도스또예프스끼 전집'은 그렇게 역사의 뒤안길로 사라졌다. 2년 뒤 초판의 결함을 보완해서 세상에 나온 것이 이른바 빨갱이 버전 '도스또예프스끼 전집'이다. 그런데 이 빨갱이마저도 절판의 길로 접어든 것이다. 열린책들 출판사의 게시판은 연일 절판을 반대하는 독자들의 아우성으로 가득 찼다. 급기야 이렇게 절판할 거면 아예 판권을 인수하겠다는 독자마저 출현했다.

그 와중에 나는 전국의 서점을 물색해서 빨갱이 버전을 하나둘 모으기 시작했다. 물론 목표를 달성했다.

흠결은 흠결대로 아름다워라

빨갱이 버전을 다 모으고 나니 이제 슬슬 푸른색 초판에 욕심이 났다. 헌책 거래 사이트에서 마침 한 대학생이 '피'와 '땀'으로 일궈낸 초판을 자랑하는 게시물을 올려놨기에 그놈을 목표로 삼았다. 슬쩍 도저히 '거절할 수 없는 제안'을 했으나 그는 '절대 판매 불가' 목록이라며 딱 잘라 거절을 했다. 포기를 모르는 책 사냥꾼답게 끈덕지게 이 녀석을 타이르고 조르고 달랬는데 여전히 난공불락이었다. 기회는 엉뚱한 곳에서 찾아왔다. 공부밖에 모르던 이 모태솔로 '범생' 녀석이 연애를 시작한 것이다. 연애 초짜답게 겨우 20대 중반이 채 되지 않은 나이에 결혼까지 바라본다고 했다. 여자에 빠진 가난한 대학생의 말로는 뻔하다. 거절로 일관하던 녀석이 나에게 은근슬쩍 경제적인 궁핍을 하소연해왔다.

칼자루를 쥔 나는, 푸른색 초판 '도스또예프스끼 전집' 따위가 뭐가 필요하냐? 언제든 새 버전이 나올 테니 그때 다시 사면 되지 않느냐? 그 버전은 치명적인 오류가 있어서 소장 가치가 없다는 식의 감언이설로 드디어 그 책을 인수하기로 했는데 이놈 역시 아주 어리숙하지는 않았다. 팔긴 팔겠는데 자신이 보유한 기념비적인 다른 희귀본까지 함께 사달라고 했다.

이른바 '끼워 팔기'를 시도한 것이다. 그 정도의 아량은 베풀

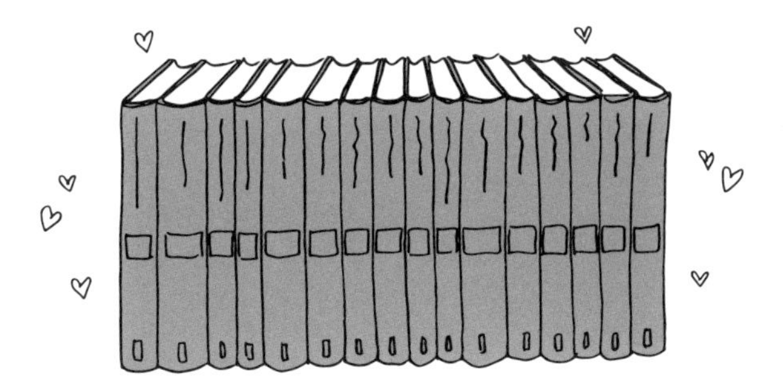

어야겠다는 승자의 여유로 「파평윤씨 미라 발굴 보고서」를 무려 6만 원에 인수해버렸다. 이제 나는 바야흐로 빨갱이 버전과 푸른색 초판본 '도스또예프스끼 전집'을 보유한 소장가가 되었다.

그렇게 행복한 시절을 보내고 있는데 2007년에 열린책들은 '도스또예프스끼 전집 수집가용 한정판' 250질인가를 세상에 내놓고 말았다. 이 버전도 장정에 문제가 있어서 말이 많았는데 결국 뭐가 뭐를 못 끊는다고 덜컥 구매를 해버렸다. 이제 나는 삼국통일을 이룩한 김유신 장군이 되었다. 수집가용 한정판을 나에게 판 이는 이 책을 천년만년 끼고 살 작정으로, 각 권마다 비닐 래핑을 해놓았는데, 나 역시 그 래핑을 단 한 번도 개봉하지 않았다.

이제 죽어도 여한이 없겠다고 자부하며 뿌듯해하고 있는데 덜컥 듣지 말아야 할 사실을 듣고야 말았다. 세 버전에서 내가 실제로 페이지를 넘겨가면서 읽고 아끼던 빨갱이 버전에 내가 몰랐던 『도스또예프스끼 읽기 사전』이 존재한다는 것.

하긴 러시아 소설의 등장인물 이름이 하도 길고, 애칭 또한 다양하여 인물 관계도를 그려가면서 읽었던 터라 『도스또예프스끼 읽기 사전』이 별도로 존재하는 것도 이상하지 않았다. 그날부터 또 『도스또예프스끼 읽기 사전』을 수소문하기 시작해서 대략 석 달 만에 간신히 소장가와 연락이 닿았고, 감격스럽게도 이놈마저 수중에 넣었다.

은인과 다름없는 그와 도스토옙스키 빨갱이 버전의 아름다움과 러시아 문학을 논하며 정신없이 대략 한 시간 동안 격조 있는 담소를 나누는데 갑자기 수화기 너머로 문을 왈칵 여는 소리가 들리더니 굵직한 할머니의 목소리가 들려왔다.

"야 이노무 새끼야, 취직할 생각은 안 하고 허구한 날 이렇게 이불 속에서 뒹굴뒹굴하냐!"

우리의 문학 담론은 거기에서 그쳤음은 물론이다. 그의 불운을 애도하며 돌아선 나에겐 어머니의 근심 어린 얼굴이 기다리고 있었다. 세상을 다 잃은 표정으로 어머니는 내게 이 한마디를 하셨다.

"너 혹시 늘그막에 데모하냐?"

어머니는 내가 빨갱이라도 된 줄 아셨나 보다.

"

서재를 가꾸어야 할 시간

정원을 가꾼다는 말이 있듯이 서재를 가꾼다는 말이 있으면 좋겠다. 정원을 좋아한다고 마냥 넓힐 수가 없듯이 보통 사람은 아무리 책을 좋아해도 다치바나 다카시처럼 서재용 건물을 가질 수는 없다. 다치바나 다카시라고 해도 공간에 대한 갈증은 분명 있을 터이다. 서재용 건물이라고는 하지만 자투리 공간을 활용한 '작은' 건물이기 때문이다. 다시 말해서 한 권의 책을 저술하기 위해서 관련 서적을 500권 이상 읽는 독서가이자 장서가인 다치바나 다카시조차 분명히 자신의 서재 건물이 더 넓었으면 좋겠고 더 많은 책을 소장하고 싶은 욕심이 없지는 않을 것이다.

절대다수의 장서가는 공간의 한계 때문에 어느 순간부터 책을 구매하기가 두렵고 새로운 좋은 책을 발견하는 일이 불편해질 수도 있다. 책을 사다 꽂을 곳이 없으며 억지로 욱여넣는다고 해도 제때 제대로 활용하기가 힘들다. 심지어 그 책을 자신이 소장하고 있다는 사실을 까마득히 잊고 지내기도 한다.

출판계의 부흥을 위해서 할 만큼 했다

누가 강유원의 『책과 세계』(살림, 2004)를 강력 추천해서 장바구니에 넣어두었다. 책에 관한 책을 좋아하기도 하지만 필사하기에 매우 좋을 만큼 문장도 유려하다니 기대가 많이 되었다. 마침 바쁘고 다른 읽을 책이 많아서 장바구니에 거의 한 달 가까이 넣어두었고 수시로 장바구니에 담긴 그 책을 확인하곤 했다. 드디어 주문했고 배송이 시작되었다. 그 무렵 책이 넘쳐서 정리되지 않은 책장을 뒤척거리다가 『책과 세계』를 발견했다.

오래전에 이미 구매해서 읽고 책장 구석에 꽂아두었는데 그 사실을 잊고 새로 주문을 한 것이다. 제목이 평이해서 그런가 제목조차 잊었다. 그때 여실히 깨달았다. 내 서재에 있는 책을 내가 얼마나 대충대충 읽었고 재독의 필요성이 얼마나 큰지를. 공간의 부족 때문이 아니더라도 새 책을 계속해서 사들이는 것보다 사둔 책을 다시 읽을 필요가 있는 나이가 되지 않았나 싶다.

나는 이미 우리나라 출판계의 부흥을 위해서 할 만큼 했다고 자평한다. 책을 살 만큼 샀다는 말이다. 마흔이 넘으면 새로운 친구를 사귀기 어렵다고 한다. 마찬가지로 마흔이 넘으면 새로운 생각이나 최신 트렌드가 불편해지기 시작한다. 새 책을 둘 공간도 더는 없거니와 자신의 독서 생활의 전성기를 함께한 옛 친구(책)를 다시 만나고 추억을 되새기는 것도 나쁘지 않다.

집을 온통 책으로 채웠고, 자신의 서재에 어떤 책이 있는지 정확히 모르는 사람은 그렇게 해도 된다. 그런 사람에게 우리나라 출판계를 위해서 책을 더욱 많이 사라고 충고할 사람은 없다.

가장 적당한 장서의 수는?

흔히 고전은 읽을 때마다 새로운 감동을 준다고 한다. 같은 글이라고 해도 나이에 따라, 처지에 따라, 생각의 깊이에 따라 새로운 감동과 공감을 준다는 말인데 나는 좀 다르게 생각한다. 책을 읽다 보면 집중력이 잠시 흐트러져서 읽지 않고 넘어가는 구절이 있기 마련이다. 그 책을 다시 읽다가 그 부분을 자세히 읽으면 어찌 되었든 '처음 읽는' 셈이다. 두 번째로 읽는다고 생

각하지만, 사실 그 부분은 처음 읽는 것이라서 첫 독서 때에는 없었던 생각과 공감을 하게 되는데, 그것을 두고 '읽을수록 새로운 감동이 느껴진다'라는 고전의 미덕을 경험했다고 오해하는 것은 아닐까? 물론 처음 읽을 때부터 꼼꼼하게 읽어서 같은 내용을 다시 읽더라도 감동할 수 있다는 말도 틀리지 않고, 실제로 그런 경험을 하는 독자도 많다. 다만 나의 경우는 처음 읽은 내용을 잊어버린다든가 건너뛰어서 두 번 이상 읽어야 처음으로 감동을 느끼는 경우가 많다. 심지어는 읽은 책인데도 그 내용을 궁금해하면서 읽는 경우도 허다하다. 두 번째 읽는 책인데도 처음 읽은 것과 진배없이 낯설고 신선한 경우가 허다하다.

나이가 쉰이 다 되었고 집 안에 더는 책을 둘 곳이 없다면 이제 새로운 책을 사는 것에 욕심을 부리기보다는 있는 식구를 다시 찾고 매만져주는 편이 더 낫지 않을까? 하늘 아래에 완전히 새로운 것은 없다. 내가 가진 장서만으로도 이 세상의 모든 이야기와 지식을 충분히 담고 있다고 생각한다. 내 서재의 사진을 보고는 "대체 당신 같은 사람의 입에서는 어떤 말이 나오나요?"라고 묻는 사람도 있다. 솔직히 내 서재에 있는 수천 권의 책을 다시 읽는 것만으로도 남은 인생을 즐겁게 보낼 수 있다. 이제는 서재에 있는 책을 가꾸고 정리해서 오롯이 내가 필요할 때 나를 위해서 봉사하도록 조련할 필요가 있다. 내 생각에, 어떤 책이 필요할 때 최대 5분 이내에 찾을 수 있다면 어느 정도 조련된 서재라고 해도 무방하다. 만약 자신의 서재에서 필요한 책을 즉시 찾을 수 있는 주인이 있다면, 그 사람은 기억력의 천재이거나 장서의 수가 너무 적다고밖에 볼 수 없다.

지나치게 미니멀리즘을 추구하거나 정리정돈을 좋아하는 게 아니라면 서재의 책꽂이에 정확히 들어갈 만큼의 책만 두고 나머지는 정리하자는 생각을 할 필요는 없다. 책꽂이를 튼튼하게 꾸며서 그 용량의 두 배만큼의 책을 보유하는 편이 적당하다. 즉 책을 두 겹으로 꽂아둘 만큼이 좋다. 늘 같은 책의 등을 수십 년 동안 보는 것은 좀 지겹지 않겠는가.

계절이 바뀌면 이불을 바꾸고 집 안 분위기를 바꾸듯이 서재의 책꽂이도 가끔 앞줄과 뒷줄의 책 위치를 바꾸어서 오랫동안 얼굴을 보지 못했던 책을 전면에 배치하는 것이다.

그렇게 하면 친구를 오랜만에 보는 느낌이 든다. 아, 내가 이런 책을 가지고 있었다는 감탄도 하게 된다. 그 감탄은 종종 그 책을 재독하는 계기가 되곤 한다. 뒤쪽에 숨어 있는 책들을 정리하는 것은 마치 미지의 동굴을 처음 답사하는 듯한 설렘을 선사한다. 인간이 망각의 동물이라는 것이 얼마나 다행스러운 일인가. 한 번 읽은 책의 내용이 금방 잊힌다고 한탄할 이유가 전혀 없다. 숨겨져 있는 책을 발굴하다 보면 오히려 그 점이 축복으로 다가온다.

서재를 가꾸고 정리하다 보면 나의 북러시book rush 시대에 무분별하게 수집을 일삼았던 부작용의 결과물을 만나게 된다. 그런 책들은 자식 보기에 부끄러우니 더 깊숙이 감추거나 다른 수집가에게 양도하곤 한다. 그 대표적인 예가 붐붐하우스라는 출판사에서 번역 출간한 『여자사용설명서』(일본정보연구소 엮음, 2001)다. 무슨 문학적이거나 반어적인 제목이 아니다. 그냥 말 그대로 여자를 사용하는(?) 방법을 담은 책이다. 이 책을 설명하기 위해서 많은 노력이 필요하지 않다. 목차 몇 개만 살펴보면 된다. 그나마 소프트한 것은 여자를 폐기 처분하는 방법, 번식을 위한 입문, 육체적 불량품과 대처 방법, 결혼하여 구속하는 방법 등 정도다.

더욱 기가 막힌 것은 '19금'인 이 책의 일부 내용은 일본어 원문으로 그대로 실려 있다. 한국과 일본 사이의 성의식의 차이를 고려했기 때문이라고 한다. 번역된 부분만으로도 페미니스트 입장에서는 부들부들 떨며 분노할 만한데 일본어 원문으로 된 내용은 수위가 어느 정도인지 상상이 되지 않는다. 그럼 그 내용을 삭제하지 않고 굳이 원문을 그대로 실어서 출간한 이유가 무엇일까? 출판사는 '독자들의 알 권리'를 존중하기 위해서라고 한다. 참으로 독자에 대한 배려심이 뛰어난 출판사다. 아니 그럼 당신은 대체 이런 책을 왜 샀느냐고 누군가 질책한다면, 나는 그냥 이 책이 희귀본이라고 해서 어렵게 구한 죄밖에 없다고 강변하고 싶다.

애석하게도 의식 있는 독자들이 이 출판사를 항의 방문할 수는 없다. 이미 이 출판사는 문을 닫았다. 더욱이 출간 예정 목록에 『남자사용설명서』가 있는 것으로 봐서는 성별에 따른 균형 감각(?)은 있었으니 너무 불쾌해하지 마시라. 아쉽게도 『남자사용설명서』는 출간되지 않았다. 그전에 출판사가 문을 닫아서인지 아니면 『여자사용설명서』의 출간에 따른 후폭풍이 거세서였는지는 확인할 길이 없다.

묻어버리겠어

『여자사용설명서』보다 더 시급하게 퇴출하거나 땅에 묻어야 할 책이 있다. 내가 비밀 서고를 갖게 된다면 일순위로 입주하게 될 책들이다. 제목의 면면은 이렇다. 『The big book of breasts』『The big penis book』『The big book of legs』. 이 책들은 큰 판형의 사진집이다. 물론 제목의 사전적인 의미에 해당하는 사진들로만 채워져 있다. 사진집을 열심히 수집한 시절의 유물로서, 한 가지 분명히 하고 싶은 사실은 나의 성적인 성향 때문에 이 책을 어렵게 미국 이베이에서 구매한 것이 아니라는 점이다. 이 책을 출간한 출판사가 무려 독일의 세계적인 예술 서적 전문 출판사 '타셴'이기 때문이다.

그래도 명색이 세계적인 예술 서적 전문 출판사인데 설마 별다른 의미 없이 가슴, 허벅지, 성기 사진만 모아서 출간할 리는 없고 뭔가 예술적인 감각이 있으리라고 예상한 결과는 대단히 참혹했다. 내가 예술적인 안목이 없어서인지 몰라도 그 사진집은 말 그대로 가슴, 허벅지, 성기 사진만으로 가득했다. 이 책을 두고 어떻게 처리할지 실로 많은 고민을 했다. 일단 예술을 보는 심미안이 턱없이 부족한 나를 원망해야겠지만 남의 시선은 어찌할 것인가? 당장 나의 딸아이가 이 책을 우연히 발견한다면 그야말로 지옥문이 열릴 것이 분명하다. 제 아빠를 변태로 취급하지 않겠는가? 동네 창피해서 재활용 통에 버리지도 못하겠다. 희귀본이라고 해서, 관심 분야라고 해서 무작위로 책을 사서 모으는 것이 능사가 아님을 서재를 가꾸면서 깨닫게 된다.

에필로그 — 타센의 세 사진집은 예술을 보는 눈이 남다른 지인에게 양도되었다. 그 분은 사진집을 보자마자 행복해했고 그 예술성에 감동을 받았단다. 타센은 훌륭한 사진집을 출간했고 나의 심미안은 저급하다.

66

권정생 선생의 책을 500원에 판다고?

『강아지똥』의 작가 권정생 선생과 이오덕 선생의 편지를 모아서 엮은 책 『살구꽃 봉오리를 보니 눈물이 납니다』(한길사, 2003)는 출간된 당일로 전격 회수 및 폐기 처분되었다. 권정생 선생이 이 책의 출간을 원치 않았기 때문이다. 이 책을 본 사람은 알겠지만 두 분의 20년간의 눈물겨운 우정이 아름답기는 해도 당사자들의 '고달픈' 인생살이가 고스란히 담겨 있는 데다 사생활에 해당하는 내용이 상당 부분 포함되어 있어서 권정생 선생의 결정이 이해가 된다.

결국 『살구꽃 봉오리를 보니 눈물이 납니다』가 서점에서 팔린 것은 단 하루에 지나지 않는다. 하루 만에 팔려봐야 몇 권이나 팔렸겠는가? 자연스럽게 이 책은 희귀본 애호가의 표적이 되었는데 구하기가 거의 불가능했다. 나만 해도 이 책의 존재를 알고 구하려고 동분서주했지만 겨우 5년 만에 구했더랬다. 책을 낸 출판사에서 회수했는데 굳이 많은 독자가 이 책을 구해서 읽어보겠다고 동분서주한 이유는 간단하다. 편지를 주고받은 두 당사자가 나눈 20년간의 눈물겨운 우정과 문학에 대한 논의 자체가 하늘이 내려준 선물로 느껴졌기 때문이다.

500원과 30만 원 사이

이 책이 귀하게 여겨진 만큼 헌책 수집가에게는 '로망'이었고 존재조차 희미한 '신기루'에 가까웠다. 그런데 개인 간 헌책 거래 사이트에 이 책이 매물로 떴다. 더구나 판매 가격이 기절초풍할 만했다. 단돈 500원에 팔겠다는 것이다. 아마도 그 사이트가 생긴 이후로 가장 짧은 순간에 가장 많은 댓글이 달렸을 게다. 희대의 희귀본을 단돈 500원에 팔겠다는 그 판매자는 순식간에 슈퍼 울트라급 엔젤로 숭상되었고 헌책 수집계의 '간디'로 인정받았다. 자기에게 이 책을 팔아주기만 하면 매년 명절 때마다 문안 인사를 드리겠다는 사람도 나타났다.

그러나 그 판매자의 영광은 굵고 짧았다. 판매 리스트의 간략 정보가 담긴 초기 화면에서 500원이라는 환상적인 가격만 확인하고 폭풍 클릭한 그의 잠재 고객들이 판매자에게 연락을 하고, 판매 게시판에 자신에게 팔아달라고 읍소하는 글을 남기는 데 정신이 팔린 나머지 책 사진 옆에 명시된 깨알 같은 판매 조건을 눈여겨보지 않았던 것이다. 아마도 대부분의 흥분한 고객들이 미처 인지하지 못한 상세 설명을 그나마 살펴본 것은 이미 너무 늦어서 그 책을 사지 못할 것이라고 포기한 소수의 사람이었을 것이다.

판매자가 공지한 상세 설명을 요약하면 이랬다. 가격이 500원이 맞기 하지만 보통의 500원짜리 동전이 아닌 반드시 1998년산 500원짜리 동전이어야 한다는 것이다. 『살구꽃 봉오리를 보니 눈물이 납니다』를 구하기 위해 자신도 많은 공을 들였으니 귀하디귀한 1998년산 500원짜리 동전을 구한 노력과 바꾸고 싶다는 것이다. 판매자에 따르면 1998년산이면서 상태가 상급이면 30만 원 정도라고 한다. 다시 말해서 판매자는 500원이 아닌 30만 원에 책을 팔겠다는 말이었다.

기부천사님, 요즘은 어떠하십니까

현금 30만 원보다 몇 갑절 구하기 힘들 것으로 보이는 1998년산 500원짜리 동전을 어디서 구해서 그 책과 바꾼단 말인가? 그의 모든 잠재 구매자들은 이 험악한 판매 조건에 절망했고 그 절망은 판매자에 대한 비난으로 탈바꿈했다.

구매자들의 온갖 비아냥거림에도 불구하고 뚝심이 천하장사 이만기에 못지않았던 그 판매자는 그 이후에도 그 게시물을 삭제하지 않았고 그는 또 다른 이유로 '살아 있는 전설'로 기억되고 있다. 물론 거래가 성사되었다는 소문은 듣지 못했다. 그 사건이 있고서 수년 후 나는 다양한 분야의 수집가를 소개한 책 『수집의 즐거움』(두리반, 2015)을 집필하면서 운 좋게도 부산의 화폐 수집가를 인터뷰하게 되었다.

김천에서 부산까지 내려가 그분을 만나서 내가 던진 첫 번째 질문이 뭐였겠는가? 그렇다.

"1998년산 500원짜리 동전이 정말 그렇게 귀하고 비싼가요?"

500원짜리 동전은 일반적으로 매년 수백만 개가 제조되고, 많게는 한 해에 1억 2,000만 개가 나온 적도 있는데 유독 1998년에는 8,000개만 생산되었다고 한다. 그것도 유통용이 아니라

기념품 용도로만 말이다. 상태가 완전하다면 120만 원에 거래되었다고.

『살구꽃 봉오리를 보니 눈물이 납니다』를 1998년산 500원짜리 동전으로만 판매하겠다던 그는 헌책방계의 기부천사가 아니었다. 그리고 그에겐 올해 나쁜 소식이 하나 전해졌다. 『살구꽃 봉오리를 보니 눈물이 납니다』의 개정증보판 격인 『선생님, 요즘은 어떠하십니까』(양철북, 2015)가 출간되었다.

“

나의 서재가 늙어간다

“미안해요. 일부러 그런 게 아니었어요.”

사형 집행인의 발을 실수로 밟은 마리 앙투아네트가 이 세상에서 마지막으로 남긴 말이다. 마리 앙투아네트의 인생을 대표하는 말은 “빵이 없으면 케이크를 먹으면 되지”가 아니고 에티켓을 실천한 저 말이어야 한다. 케이크 ‘드립’은 마리 앙투아네트를 국가를 파멸시킨 악녀로 치부한 국민회의 측에서 날조한 것이다. 그녀는 곱게 자란 평범한 왕비일 뿐 특별히 선을 베풀지도 악을 행하지도 않았다. 평전의 제왕 슈테판 츠바이크가 쓴

『마리 앙투아네트 베르사유의 장미』(청미래, 2005)는 무려 550 페이지에 이르는 두툼한 책이지만 그 책 어느 구절에서도 루이 16세와 마리 앙투아네트가 저지른 악행을 찾아볼 수 없다.

왕정이라는 구시대의 유물을 대표하는 루이 16세와 마리 앙투아네트는 단지 '시대를 이해할 생각은 않고 오직 시간을 지루하지 않게 보낼 생각만' 했을 뿐이다. 루이 16세는 무능했고 마리는 철부지였을 뿐이다. 하루를 재미나게 보낼 거리가 왕은 사냥과 대장간 놀이였고 왕비는 가면무도회와 파티였다. 『마리 앙투아네트 베르사유의 장미』는 믿지 못할 만큼 세밀한 앙투아네트의 평전이지만 실상 슈테판 츠바이크의 유려한 문장이 독자의 눈을 호강시킨다. 이 책을 구매해 읽는 일주일 동안 책 속에 푹 빠져 있었는데 알고 보니 이미 서재에 이 책이 있었다. 오래전에 구매했음에도 그걸 모르고 새로 사서 읽은 것이다. 『마리 앙투아네트 베르사유의 장미』와 함께 주문한 세 권의 책은 조금 뒤적거리다가 버렸다. 나는 내가 읽고 나서 재미없으면 웬만해서는 다른 사람에게 주지 않는다. 나이가 들수록 새로 산 책이 맘에 들지 않는 경우가 많아 버리는 비율이 높아지고 있다.

젊은 시절의 열광

노년에 이른 분들의 서재를 보면 서재가 주인과 함께 늙은 것을 자주 발견한다. 서재에 꽂힌 책이 대부분 주인이 젊은 시절에 모은 책이기 때문이다. 그분들의 서재를 보면 주인이 어느 시대에 젊었는지 한눈에 보인다. 특정 시대의 책들로 이루어진 서재를 보면 왜 노년이 되어서 독서를 게을리하는지 의아했다.

그런데 이제 요즘은 나도 새 책을 사기가 주저된다. 꼭 서재가 꽉 찬 탓만은 아니다. 산다고 해도 버릴 책이 태반이다. 졸지에 재활용 박스에 들어가거나 지역 도서관에 기부되는 책들은 '그 이야기가 그 이야기'이거나 '유치하다'라는 오명을 뒤집어쓰고 속절없이 내 방에서 쫓겨 가는 비운을 맞이한다.

왜 그럴까 생각해보니, 책에 담긴 지식과 이야기가 일정한 주기를 두고 '재생산'되어서인 듯하다. 새 책을 사서 실망하는 것보다는 내 서재에 있는 오래된 친구를 다시 만나는 것이 더 나을지도 모른다는 생각을 하게 되는 것이다. 사두기만 하고 아직 읽지 못한 『모비 딕』을 마치 고시 공부하듯이 한 페이지 한 페이지 정복해가는 즐거움도 크지 않을까.

나는 김훈, 황석영, 조정래의 독자다. 젊은 시절에 열광했던 작가가 평생을 함께하는 것이지 늘그막에 젊은 작가에게 열광할 것 같지는 않다. 저 작가들의 작품에는 내 젊은 시절의 추억이 고스란히 담겨 있기 때문이다. 인터넷과 게임 그리고 '알바' 세대가 쓴 작품이 내가 곱씹어 읽을 정도로 공감과 추억을 줄 리가 없다. 내가 좋아하는 작품과 요즘 세대가 열광하는 작품의 우열을 가리는 게 아니라, 각자 세대만의 추억이 스며 있는 작품에 애정이 간다는 말이다.

지란지교를 꿈꾸며

또 다른 이유를 꼽자면 젊은 시절의 영웅이었던 작가들의 변화 때문이다. 그들은 늙고, 변절하고 있으며, 생뚱맞은 책을 내놓기 시작한 지 꽤 되었다. 그 양반들의 새 책을 살 일도 없고 그다지 기대되지도 않는다. 이것 또한 내가 새 책을 사기가 주저되는 이유 중 하나다. 말하자면, 나는 책을 살 만큼 샀다. 내 분수에 맞지 않을 만큼.

이제 오래된 친구와 다독거리면서 지내야 하지 않을까 싶다. 1986년에 첫사랑이 선물한 『지란지교를 꿈꾸며』에 숨어 있는 그녀의 연서를 다시 읽고, 1987년 대학 신입생 때 구입한 교재를 뒤척이며 풋풋한 시절을 추억하고, 빨갱이에

대한 인식을 바꾼 『태백산맥』을 재독해야겠다. 김기찬의 사진집을 뒤척이며 1970년대를 다시 기억하고, 『모비 딕』을 읽는 것으로 게을렀던 대학 시절을 반성해야겠다. 사놓기만 하고 읽지 않은 20세기 포스트모더니즘 문학 시리즈를 읽으면서 헌책방 사냥꾼 시절의 무용담을 다시 되새겨야겠다. 『젊은 날의 초상』을 꺼내 미래에 대한 호기심과 걱정으로 가득 찼던 내 청춘을 다시 만나봐야겠다. 나처럼 철없는 책벌레였던 고조할아버지의 고서를 뒤적이며 혼례 때 고조부모가 주고받은 서찰을 다시 구경해야겠다.

내 서재는 나와 함께 늙어갈 터이고 언젠가는 아내나 딸에 의해서 묘지(헌책방)로 실려 가겠지.

"

육체파와 정신파

책을 좋아하는 사람들은 서로를 아끼고 반가워한다. '스마트폰을 아끼고 사랑하는 모임'은 드물지만 '독서 모임'은 쉽게 찾아볼 수 있다. 약간의 시간과 노력만 투자하면 주변에 독서 모임이 많다는 것을 알게 된다. 독서 모임에 참가하다 보면 확실히 스마트폰에 빠진 동료보다는 자기계발을 열심히 하고, 지적인 생활을 하고 있다는 괜한 자부심이 든다. 그리고 점점 위축되어가는 자신들의 취미 생활 영역을 사수해야 한다는 사명감이 들기도 한다. 그래서 독서 모임 구성원들은 서로를 참 귀하게 여긴다.

칭찬은 애서가도 춤추게 한다

인터넷 북카페도 독서 모임과 비슷한 분위기가 흐른다. 어찌나 다정하고 따뜻한지 마치 한 가족 같은 분위기가 넘친다. 나도 취미가 다양한 편이어서 많은 카페에 가입했지만 독서 관련 카페만큼 '다정이 병인 양'한 곳도 드물다. 자신이 읽은 책을 다른 동지에게 나누어주는 것이 가장 활기차게 이루어지는 곳이기도 하다. 다른 취미 카페에서 '나눔'이라고 하면 '팔겠다'는 의미로 사용되곤 하지만 독서 카페의 '나눔'은 그야말로 무료로 나눠주겠다는 뜻으로 통한다. 나만 해도 그랬다. 원래는 내가 도저히 보관할 공간이 부족해서 나누기 시작했는데 하도 '나눔 천사'라는 찬사를 많이 듣다 보니 이제는 내가 좋아하고 아끼는 책도 나누는 지경에 이르렀다.

『나를 부르는 숲』(동아일보사, 2002)을 비롯해서 내가 참 재미나게 읽은 빌 브라이슨의 저작들, '노튼 3부작'이라는 시리즈명을 가진 사랑스러운 고양이 '노튼'과의 추억을 그린 피터 게더스의 저작들, 심지어는 꽤 비싸고 주고 샀고 평생을 두고 반드시 완독하고야 말겠다는 전의를 불살랐던 『모비 딕』을 기꺼이 내 돈으로 택배를 보내주는 친절을 베풀었다. 어디 그뿐인가. 내 인생의 책이자 서재에서 가장 아끼며 무덤까지 함께하고 싶은 『숨어사는 외톨박이』도 아낌없이 나누어주기도 했다.

내가 가장 아끼는 책이라면서 나눔을 실천했더니 카페 회원들의 존경을 한몸에 받았더랬다. 그들은 내가 『숨어사는 외톨박이』를 너무 사랑한 나머지 여러 질을 소장하고 있고 그중 한 질을 나누었을 뿐이라는 사실을 모른 채 딱 한 질 소장한 귀한 책을 아낌없이 나누었다고 오해했겠지만 말이다.

칭찬은 애서가조차 나눔을 실천하게 한다. 작가정신에서 2011년에 출간한 『모비 딕』의 경우 훗날 왜 그렇게 선불리 나누었을까 후회하기도 했지만, 그 당시에는 내 책을 받고 즐거워하는 사람을 보고 행복했다. 나눔을 실천하는 것은 제법 번거롭다. 나눌 책의 목록을 게시하고 댓글을 보면서 책 받을 사람을 선정해야 할 뿐 아니라, 심지어 일일이 포장해서 택배로 보내는 번거로움을 감수해야 한다. 그러나 책을 나눌 당시엔 개인적으로 참 힘든 시기였는데도 내 책을 받고 행복해하는 사람의 반응을 보면서 베푸는 삶의 즐거움을 만끽했다.

육체적 사랑이냐, 정신적 사랑이냐

이렇듯 뜨거운 동지애를 발휘하는 애서가들조차 서로를 용납하지 않는 두 부류가 있다. 책과 육체적 사랑을 나누는 애서가와 정신적 사랑을 나누는 부류가 그들이다. 육체적 사랑을 나누는 애서가는 책을 함부로 다룬다. 밑줄을 긋고 메모를 하고 심지어는 침을 묻혀가면서 읽는다. 또 읽다가 멈출 때는 스스럼없이 다음에 읽어야 할 부분을 접는다.

정신적 사랑을 나누는 애서가는 책을 마치 보물처럼 다룬다. 조심스럽게 책장을 넘기고 반드시 책갈피를 사용하며 심지어 책 표지의 띠지조차 소중히 여겨서 절대로 버리지 않는다. 이런 부류가 책과 육체적 사랑을 나누는 사람을 보면 그저 경악을 금치 못한다. 어떻게 책을 그렇게 험하게 다룰 수 있냐는 것이다.

나로 말하자면 책과 정신적 사랑을 나누는 사람에 속한다. 헌책에 적힌 전 주인의 메모를 그리도 귀하게 여기고 재미나게 읽는 편이지만 정작 나는 책에 메모하지 않는다. 물론 굳이 따지자면 나는 온건한 정신적 사랑파에 속한다. 띠지를 소중히 여기지는 않아서 새 책을 받으면 띠지는 휴지통에 직행시킨다. 또 책갈피를 사용하지도 않고 볼펜을 끼워두거나 그것마저도 귀찮으면 그냥 읽던 쪽을 접는다.

그렇다. 정신적 사랑파치고 책을 함부로 다루는 경향이 있기는 하다. 서평을 요청받고 강제로 증정받은 책들이 그 대상이 된다. 애초에 읽으려던 책이 아니었으니 그 책에 애정이 있을 리가 없다. 이런 책은 마구 밑줄을 긋고 메모를 하며 읽다가 멈출 때는 사정없이 접는가 하면 책 위에 커피를 흘려도 전혀 개의치

않는다.

오래전 흥미로운 사진집을 구매한 적이 있었다. 유머러스한 장면을 포착해서 촬영하는 것으로 유명한 엘리엇 어윗의 사진집인데, 한 장면을 연속으로 촬영한 작품이 담겨 있었다. 페이지를 빠르게 넘기면 마치 사진 속의 장면이 동영상처럼 보이는 멋진 책이었다. 제법 비싼 책이었는데 작은 흠집이 보였다. 속상해서 판매 업체에 항의했더니 교환을 해주겠다고 했다.

그런데 담당자의 말이 내게는 큰 충격이었다. "흠집이 있는 책을 '사용하다가' 새 책이 도착하면 반납을 해달라"는 말이었다. 당시까지 내게 책이란 읽고 보관하는 것이지 '사용하는' 것은 아니었기 때문이다. 책이 무슨 도구처럼 사용될 수도 있겠다는 생각을 처음 하게 되었다. 아마도 갑자기 메모를 해야 할 때 메모지가 보이지 않으면 스스럼없이 본인이 읽던 페이지를 찢어서 쓰는 사람이 책을 사용하는 사람 축에 속할 것이다. 좋게 말하자면 급진적인 육체적 사랑파에 속하는 사람이 이들이다.

정신적 사랑파의 일원으로서

내가 온순한 정신적 사랑파에 속하면서 가장 큰 보람을 느낄 때는 다 읽었거나 단지 보관만 하고 있던 책을 다른 사람에게 선물할 때다. 가끔 무섭거나(티베트의 천장의 풍습을 담은 사진집) 너무 야한 사진집의 경우 그 책들을 욕심내는 사람에게 선물하기도 한다.

내 딸아이가 보면 제 아빠를 변태라고 오해할 수도 있는 사진집을 안전하게 보관하려는 현실을 한탄하는 글을 쓴 적이 두어 번 있는데, 흥미롭게도 유독 그 책을 탐내는 사람은 모두 여성이었다. 나로서는 혹시나 아내와 딸아이가 볼까 봐 서재 깊숙이 보관했으며 조심스러워서 잘 펼쳐 보지도 않았던 책이었다. 그런데 그 책을 받은 사람은 내게는 그저 '고급스러운 플레이보이'

같았던 책 속의 사진들을 보면서 '우아하고 유머러스하다'며 행복해했다. 그는 책 속의 사진에 대해서 감격해했을 뿐만 아니라 책의 보관 상태가 워낙 좋아서 내게 따로 고마움을 표했다. '보관의 아름다움'이라나. 새삼 그 책들을 고이 간직하길 참 잘했다는 생각이 들었다.

책과 정신적 사랑을 나누는 사람과 육체적 사랑을 나누는 사람은 상호 불가침 조약을 맺고 공존해야지 절대로 상대방의 영역에 대해서 내정간섭을 하면 안 된다. 가령 책을 속옷이나 칫솔처럼 지극히 사적인 것으로 여기는 사람은 애인을 남에게 빌려주지 않는 것처럼 책 또한 여간해서 절대 빌려주지 않는다. 반면 책과 육체적인 사랑을 나누는 사람은 책을 '공공재'라고 여기는 경향이 있고 책과 정신적인 사랑을 나누는 사람의 책을 함부로 가져가서 자기의 취향대로 다루는 경향이 있다. 라면 국물을 흘린 자국을 남긴다거나 함부로 접어가며 읽는 행위 말이다. 이러한 만행은 당연히 책 주인에게 발각될 것이며 '죽기 전에 꼭 들어서는 안 될 100가지 욕'을 듣는 형사처분과 함께 같은 책을 새것으로 사주어야 하는 민사적 책임을 져야 한다. 책과 정신적인 사랑을 나누는 사람들은 헌책을 팔더라도 '키우던 자식을 분양합니다'라고 하지 '책 팝니다'라고 말하지 않는다.

물론 나도 순도 백퍼센트의 정신적 사랑파는 아니다. 얼마

전 책을 접어가면서 읽는 '학대'를 하다가 순도 백퍼센트의 플라토닉 사랑꾼에게 왜 대체 책을 그렇게 험하게 다루느냐는 엄중한 꾸중을 들었다. 내 책을 내 마음대로 읽는데 무슨 상관이냐고 반문하고 싶었지만 그의 추상같은 표정에 눌려 아무 소리도 못했다. 억울함이 샘솟았다. 연인을 사랑하는 방식이 각자 다른 것처럼 책을 사랑하는 각자의 방식도 존중받아야 한다.

책의 다양한 용도

책은 읽기만 하는 물건이 아니다. 물론 책의 핵심 용도는 읽는 것이지만 '읽기'가 아닌 다른 다양한 용도로 책을 '사용'하는 사람이 많다.

가장 전통적인, 읽기가 아닌 다른 용도의 책 사용 사례는 아마도 베개가 아닐까 싶다. 사람들에게 흔히 회자되듯 두꺼운 책을 베개로 사용하면 쾌적한 숙면을 취할 수 있을까? 몇 번 시도해본 나로서는 책을 베개로 사용하는 것이 절대 유용하지 않다는 결론을 내렸다. 목침에 익숙한 조선 시대 사람이 아니라면 돌처럼 딱딱하고 각진 책을 베고 잠들기란 어렵다. 두꺼운 책은 차라리 벽돌에 가깝지 베개와는 거리가 멀다. 굳이 책을 베개로 사용하고 싶은 욕구가 치미는 사람을 위해서 권하고 싶은 책은 열린책들에서 출간한 푸시킨 작품집 『뿌쉬낀』(1999)이다. 무려 1,794페이지에 달하는 덩치를 자랑한다. 또는 책세상에서 나온 『은하수를 여행하는 히치하이커를 위한 안내서』(2005) 합본 판도 매우 두꺼운 책이다. 분량은 장장 1,236페이지에 이르며, 두께는 8.7센티미터다.

그러나 이 두 책은 목침보다 더 두꺼워서 베개로 사용하기에는 부적합하다. 더구나 이 두 책은 절판되어서 구하기도 어렵다. 특히 작품집 『뿌쉬낀』은 상태가 좋으면 20만 원 이상을 줘야 손에 넣을 수 있다. 최고급 럭셔리 베개를 살 수 있는 돈이다.

그나마 현실적인 베개 용도로 사용할 수 있는 책들은 글항아리 출판사에서 많이 나온다. 이 출판사 사장이 벽돌 책 마니아라는 생각이 들 정도로 베개로 쓰기에 적당한 두께의 책을 많이 낸다. 그래서 만약 꼭 책을 베개로 삼고야 말겠다는 사람이 있다면 글항아리 책들을 권한다.

다만 이 출판사의 출간 목록을 잠시라도 살펴보면 두께뿐만 아니라 내용도 매우 훌륭해서 베개로 쓰기엔 아까운 면이 있다. 굳이 수면을 위해서 책을 사용하고 싶다면 수면 안대 대용으로 사용하는 것을 권한다. 물론 엄연히 수면 안대라는 물건이 따로 있지만 책으로 대체하는 편이 더 안락할 수 있다. 책을 적당히 펼쳐서 얼굴을 가리고 잠을 청해보라. 적당한 무게감과 방 안에 자신만을 위한 또 하나의 방이 더 마련된 듯한 포근함을 느끼게 될 것이다.

수면 안대 대용으로 두툼한 벽돌 책을 사용하는 바보는 없을 것이다. 이런 용도로는 얼굴이 좀 작은 편이라면 시집을, 얼굴이 크다면 화보나 얇은 잡지가 좋다. 새 책 냄새를 좋아한다면 새 책을, 헌책 냄새를 좋아한다면 오래된 책을 사용할 수 있으니 이만큼 선택의 폭이 다양하기도 어렵다.

책을 수면제 대용으로 사용하는 사람도 많다. 수면제는 부작용이 있을 수 있는데 책이라는 수면제는 부작용이 전혀 없으니 이 또한 좋은 방법이다. 이 경우 두꺼운 책보다는 에리히 프롬의 『사랑의 기술』처럼 얇은 책이 좋다. 책을 읽다가 졸음이 쏟아질 때 언제든 침대 위에 대충 던져놓아도 몸을 뒤척일 때 걸리적거려서 수면을 방해하지 않기 때문이다. 난이도는 어려운 게 좋다. 너무 이해가 쏙쏙 잘되는 나머지 지적 욕구가 불타올라 잠이 달아나서는 곤란하다. 또 한 가지 주의할 점은 성석제나 천명관 같은 작가의 책을 수면제로 사용해서는 안 된다는 것. 그들의 책은 너무 웃기고 재미있어서 오히려 수면을 방해하는 역효과가 난다.

식욕과 지성의 조력자

책의 전통적인 또 다른 용도는 컵라면 뚜껑 누르기용이나 라면 냄비 받침대다. 내가 아는 한 컵라면 뚜껑 누르기용으로 책만큼 적당한 물건은 없다. 이때 주의해야 할 점은 역시 두꺼운 책보다는 얇고 작은 시집이 좋다는 것. 두꺼운 책을 사용하면 무게중심을 조금이라도 맞추지 못할 경우 컵라면의 몸체가 쓰러져 아까운 라면을 버리게 될 뿐만 아니라 덤으로 청소까지 해야 한다.

라면 냄비 받침용으로 책을 사용할 때는 두툼한 장정판을 권한다. 그래야 라면을 먹을 때 국물을 흘릴 확률이 줄어든다. 그렇다고 판형이 너무 큰 책은 권하지 않는다. 아이들이나 주의 깊지 못한 가족이 지나가다가 툭 건드릴 수 있기 때문이다. 그다음 벌어질 사태는 충분히 상상할 수 있을 게다.

책을 인테리어로 사용할 때도 새로운 시대에 맞는 콘셉트가 필요하다. 1970년대나 1980년대에 유행하던 고풍스러운 낡은 고전 문학 전집은 노년 세대에게나 맞는 콘셉트이지 요즘 시대에는 깔끔하고 세련된 책이 좋다. 굳이 고전 문학 전집으로 집안을 도배하고 싶다면 문학동네에서 출간된 '세계문학전집'이나 '한국고전문학전집' 등을 권한다.

인테리어용으로 내가 권하는 또 다른 분야의 책은 뜻밖에 만화책이다. 가격이 저렴하면서도 세련되고 질리지 않는 표지 디자인을 자랑하는 만화책은 1990년대 후반부터 대원아이앤씨에서 출간된 아다치 미츠루의 『H2』와 『터치』 시리즈다.

요즘 젊은이들, 특히 젊은 처자들은 카페나 맛집을 갈 때 콘셉트 샷을 찍기 좋아한다. 음식 사진을 찍기 전에 수저를 들어서 음식의 모양새를 망가뜨리는 것은 마치 탕수육을 먹을 때 소스를 들이붓는 것과 진배없는 만행에 속한다. 단순히 음식 사진만 찍어서 SNS에 올리면 뭔가 심심한 느낌이 든다. 그래서 예쁜 커피잔 옆에 책을 두고 찍으면 식욕과 미학과 지성의 조화가 연출된다. 이런 콘셉트 촬영에 가장 애용되는 책이 무라카미 하루키의 『1Q84』(문학동네, 2009)다. 누구나 아는 책이고 여성들에게 인기 있는 작가라서 그런 모양이다. 주목받는 소설 정도는 읽고 산다는 인상을 주고 싶은 사람에게 권하고 싶은 책의 사용법이다.

책은 자신만의 공간을 가지고 싶은 은둔자에게 좋은 방어벽으로도 사용될 수 있다. 직장의 사무실에서 고개만 들면 직장 상사와 눈이 마주치는 최악의 입지를 가진 사람에게 권한다. 책상 위에 책장이나 선반이 있다면 좋겠다. 고개를 들어도 상사와 눈이 마주치지 않는 높이로 책을 쌓아두면 여러 가지 이득이 생긴다. 우선 상사의 눈초리에서 해방될 뿐만 아니라 잠깐 낮잠을 잘 때도 자신을 보호할 수 있다. 또한 아늑한 느낌이 들어서 마치 화장실에 있는 듯한 안락함과 집중력이 보장된다.

이때 주의해야 할 점은 제목이 상사에게 보이게끔 책등의 위치를 잘 배치해야 한다는 점이다. 상사의 시선에서 서명이 확인되지 않으면 호기심이 많은 상사가 무슨 책인지 알아보기 위해 당신의 자리에서 서성거릴 수 있으니 오히려 역효과가 난다. 책의 장르도 중요하다. 실무에 관련된 책이라면 당신이 졸지에 그 실무에 매우 능통한 사람으로 낙인 찍혀 생각지도 못한 업무를 배당받을 수 있다. 제목만 봐도 책의 내용을 누구라도 짐작할 수 있는 고전이 좋겠다. 그래야 무슨 책이냐며 당신의 자리에 일부러 다가와 책을 펼쳐서 당신의 평화를 방해하지 않을 뿐 아니라 당신이 매우 지적인 사람이라는 이미지를 줄 수 있다.

도저히 읽을 가능성이 없는 폐품 수준의 책들은 좀더 가혹하게 활용하길 권한다. 대학 시절에 구비했던 두툼한 양장의 전공서들은 모니터 받침대로 사용하면 좋다. 매우 안정적으로 당신의 모니터와 시력을 지켜줄 것이다. 좀더 창의적으로 책을 활용하고 싶다면 독서용 테이블을 만들 수도 있다. 책으로 4면을 같은 높이로 쌓고 다리미판을 올려보라. 당신의 취향과 독서 버릇 그리고 체격에 최적화된 독서대가 완성된다. 상황에 따라 높낮이를 얼마든지 조절할 수 있다는 것이 이 활용법의 또 다른 장점이다. 아울러 라면을 먹을 때 식탁으로 사용할 수도 있다.

인간과 동물에게 동시에 기여하는 책

어떤 책들은 유부남들을 위한 안전한 비자금 숨기기 용도로 사용될 수 있다. 비자금을 숨기다가 번번이 아내에게 들켜서 압수당하는 불쌍한 유부남들은 언제든지 현금화하기 쉬운 사진집을 사두길 바란다. 내 경험으로는 책 중에서 그래도 제값 받고 편안하게 팔 수 있는 것이 사진집이다. 비자금을 숨길 게 아니라 환금성이 좋은 사진집을 사두었다가 책장에 보관하면 된다. 애당초 들킬 수가 없는 물건이고 용돈이 필요할 때 팔더라도 아내는 전혀 신경을 쓰지 않는다.

우리나라에는 수많은 사진 애호가가 있다. 그래서 사진가를 위한 커뮤니티가 많은데 장터 코너에 가면 사진집이 활발하게 거래된다. 국내 사진작가로는 골목 사진으로 유명한 김기찬의 작품이 인기가 많고 해외로 눈을 돌리면 마이클 케나의 사진집이 언제든지 현금화할 수 있는 품목이다.

마이클 케나 작품집은 최소 10만 원 언저리에서 거래가 시작되며, 저자 서명이 되어 있는 호화 장정판 초판본은 수백만 원까지 호가한다. 자신의 비자금 규모에 맞는 사진집을 구매하고 실컷 감상하다가 비자금의 용처가 생길 때 장터에 올리면 된다. 사진집은 감가상각이 거의 없는 안전한 '비자금 은닉처'다.

반려동물로 개나 고양이를 키우는 사람에게는 책으로 그들의 보금자리를 만들 수 있다는 사실을 알려주고 싶다. 책을 적당히 쌓으면 작은 동물이 들어갈 만한 공간을 누구나 만들 수 있다. 고양이는 특히 구석진 자신만의 공간을 좋아하므로 책으로 만든 공간은 아주 유용하다. 특별한 건축학적인 지식이나 미적 감각이 필요 없으며 새로운 아이디어가 떠오를 때마다 리모델링할 수도 있다.

2장
지질한 아저씨의 위대한 패배

나는 아내에게 근사한 패배자이자 불쌍한 패배자가 되고 싶었다.
아내와 나와의 싸움은 늘 패자에 대한 배려가 배어 있고,
패자는 그 나름대로 반성의 기미를 보이기 마련이었다.
더구나 아내는 영민하여 우매한 나로서는 도저히 넘을 수 없는 벽이다.
내가 아내와의 많은 싸움에서 했던 가장 영리한 행위는
쪼잔한 승리자가 아닌 위대한 패배자의 노릇을 지향해왔다는 것이다.

“

새로운 환경에 적응하고자 고군분투하는 당신에게

직장을 옮기면서 ‘갈매기(식구들을 해외에 보낸 기러기 아빠의 하위 버전)’ 아빠가 되었다. 새로운 학교에는 관사가 있는데 나는 학생들과 함께 기숙사에 기거하기로 했다. 그렇지 않아도 첩첩산중에 학교가 있는 터라, 망루처럼 높고 외딴곳에 자리 잡고 있는 관사에서 지내기가 마뜩잖았기 때문이다. 갑자기 아프거나 도둑이 들어도 누구 하나 도와줄 사람이 곁에 없다는 사실은 학생들과 섞여 사는 불편함을 기꺼이 감수하도록 만들었다. 기숙사 사감 선생과 인사를 하고 내 방에 들어갔는데 생각보다 넓고 샤워

실도 갖추어져 있어서 나름 만족스러웠다. 짐을 풀고 텔레비전을 잠시 보는데 갑자기 뒤통수를 맞은 듯한 충격이 느껴졌다.

스피커와 나와 사감 선생

사감 선생이 아무런 사전 신호 없이 방에 설치된 스피커를 통해서 버럭 고함을 질렀기 때문이다. 몇 명의 학생이 복도에서 소란을 피웠는데 CCTV 모니터를 통해서 이를 본 사감 선생이 야단을 친 것이다. 그제야 나보다 먼저 입사한 동료 교사가 알려준 주의 사항이 상기되었다. "선생님, 스피커를 조심하세요." 살다 보면 평소에는 그냥 잡다한 물건이라고 생각했는데 막상 그것이 부재할 때는 그 소중함을 절실히 느끼는 순간이 자주 있다. 가령 허리띠라든가, 하다못해 양치할 때 사용하는 플라스틱 컵 같은 것 말이다. 사감 선생의 갑작스러운 육성이 나를 놀라게 하자 스피커로 방송할 때 먼저 나오는 '딩동댕' 시그널의 중요함을 절감하게 되었다. 잠시 뒤에는 스피커를 통해서 방송 내용이 나올 테니 마음의 준비를 하라는 그 사전 신호의 중요성 말이다.

불행하게도 내가 당분간 기거하게 될 기숙사는 사전 시그널 없이 언제 어느 순간에 갑자기 사감 선생의 기운찬 그리고 노기가 가득한 고함을 듣게 될지 모르는 환경이었다. 원래 잘 놀라는

체질인 나는 사감 선생의 뜬금없는 육성 방송에 몸을 파르르 떨었다. 사감 선생은 매우 성실한 편이어서 다양한 상황에 대해서 스피커를 통한 엄정한 육성 지시를 수시로 내리셨고, 특히 초읽기를 좋아하셨다. "점호 시간 30분 전"이라는 고함이 들리고 잠시 뒤면 "점호 시간 25분 전"이라는 발표가 이어졌다. 혹여나 5분 간격으로 방송이 나온다는 예상을 하게 함으로써 사생들의 긴장감을 완화할까 염려하여 "점호 시간 18분 전"이라는 기습 번트를 감행하셨다.

어디 그뿐인가. 취침 시간이 10시 40분인데 11시가 넘어서 "아직 안 자는 학생은 지금 즉시 자도록 합니다"라는 호통으로 이미 잠이 든 사람을 '즉시 깨도록' 만들었다. 물론 나도 이 기구한 운명을 탈피해보겠다고 노력은 했다. 우선 사감 선생께 내가 기거하는 방에는 방송이 나오지 않도록 해달라고 부탁했으나 그건 구조적으로 불가능하다는 통보를 받았고, 집사람이 우리 아파트 스피커에 하듯이 내 방 천장에 달린 스피커에 랩이나 테이프를 씌우려고 시도했으나 내 짧은 다리의 비애를 새삼 절감하는 비극으로 마감되었다. 높디높은 천장에 닿겠다고 회전의자에 위태롭게 올라섰다가 바닥에 내동댕이쳐지는 사고를 겪은 것이다.

나의 비극은 여기에 그치지 않았다. 잠 못 이루는 밤을 보내다 새벽녘에 간신히 잠이 들었는데 갑자기 천지가 개벽하는 듯한, 고막이 찢어지는 듯한 천둥소리가 들렸기 때문이다. 그 천둥소리는 "컴 온 에브리바디 컴 온 에브리바디"로 시작되었다. 그 소리의 정체는 사감 선생의 기상송이었다. 연세도 많으신 분이 취향은 완전히 10대였다.

사감 선생은 성실하실 뿐만 아니라 치밀하시기도 하다. 아무리 시끄러운 음악이라도 고막의 안녕을 고려해 잠시나마 데시벨이 낮아지는 구간이 있잖은가. 극도로 긴장된 내 고막이 잠시나마 휴식을 취하려는 바로 그 순간에 이젠 노래 대신 사감 선생의 활기찬 육성이 터져 나온다. 음악의 비트가 약해지는 찰나에 논평을 끼워 넣는 기능이 가히 음악다방 디제이 수준이었다. 기상 시간은 7시인데, 식사 시간은 7시 30분이었다. 그 30분간 시끄러운 비트박스 속에 감금된 작은 벌레 한 마리의 신세가 되는 것이다. 뭐랄까 조그마한 어항에 사는 작은 물고기 처지와 비슷했다. 요즘 '핫'한 10대들을 위한 시끄러운 음악을 다 감상하고 나서야 아침 식사와 마주할 수 있는 것이다.

더는 참을 수가 없다는 생각이 들었다. 아침마다 천둥소리에 잠을 깨고, 30분간 고막이 먹먹해지는 경험을 몇 년이나 더 해야 하는지에 대한 암울한 전망이 수동적 소극적이며 저항자인 나를 적극적 행동주의자로 만들도록 거들었다. 스피커에서 소리가 나오지 않도록 배선을 끊거나 그게 여의치 않으면 스피커를 박살 낼 심산이었다. 더는 이대로 살 수 없다는 절박한 심정이었다.

거사를 결행할 시간은 점심때로 잡았다. 급식소에서 식사를 마치고 비장한 각오로 미리 준비한 기다란 파이프(나의 작은 키를 보완해줄 도구)와 바퀴가 달려 있지 않은 길쭉한 나무의자를 양손에 들고 결전의 장소인 기숙사로 향했다. 우악스럽게 현관의 비밀번호를 누르고 기숙사에 난입했다. 스피커를 향한 분노를 억누르지 못하고 2층의 내 방으로 향하는데 격한 감정으로 흐르는, 이전에 미처 들어보지 못한 노랫가락을 인지하게 되었다.

"쌍고동 울어 연락선은 떠난다. 잘 가소. 잘 있소. 눈물 젖은 손수건.” 애절하고 구슬픈, 잔잔한 옛날 옛적 가사가 갑자기 내 머릿속으로 스며들었다. 그 노랫소리의 진원지는 그간 유난히 시끄러운 음악을 내 방 스피커로 내보낸 사감 선생의 방이었다. 순간 기운이 사정없이 풀렸다. 하마터면 의자와 파이프를 놓칠 뻔했다. 저 양반도 그간 시끄러운 음악에 지쳐 있었다는 애잔함이 밀려왔다. 지친 심신을 위로하느라 기숙사에 아무도 없는 시간에 저렇게 흘러간, 조용한 옛 노래를 듣는다는 생각이 들었다. 구체적으로 기술할 수 없는 묘한 감정에 휩싸인 나는 조용히 의자와 파이프를 들고 가던 길을 되돌아왔다. 3일 후 나는 결국 키가 180센티미터가 훨씬 넘는 데다 손기술이 있는 동료 교사의 도움을 받아 내 방에 연결된 스피커 배선을 무사히 절단하는 데 성공했다.

멋쟁이 영국인 코미디언의 프랑스 시골 정착기

새로운 환경에 적응하기 위해 고군분투하는 불쌍한 영혼이 또 한 명 있으니, 그가 바로 영국인 코미디언 이안 무어다. 겨우 한국의 '평범한 시골에서 좀더 시골'로 이주한 나에 비해 그는 국제적이라서 무려 영국의 도시에서 프랑스의 시골로의 이주를 감행했다. 나는 그저 직장 때문에 강제된, 타의에 가까운 소극적인 이주를 했을 뿐이지만 이안 무어는 오로지 자신의 신념과 결심으로 전 세계의 코스모폴리탄이 동경하는 영국 도시의 삶을 버리고 다른 나라의 시골에서 살기로 결심한 것이다.

'멋쟁이 영국인 코미디언이 쓴 프랑스 시골 정착기'라고 정의해야 할 『영국에서 사흘 프랑스에서 나흘』(이안 무어 지음, 남해의 봄날, 2016)은 재미가 없으려야 없을 수가 없는 책이다. 영국인 이안 무어가 급작스러운 라이프스타일의 변화(이안 무어는 모던한 슈트를 고집하는 패션에 목숨을 거는 사내다)를 충분히 예견하면서도 프랑스 시골에서 살기로 한 이유는 특별하지 않다. 살인적인 교통 체증(이안 무어는 직업상 장거리 여행을 많이 한다)과 주차난 그리고 팍팍한 도시 일상에 지쳐서 평온하고 안락하게 보이는(비록 그가 겪게 될 실상과는 다르지만) 프랑스 시골에 가서 살기로 결심한 것이다.

'폼생폼사'로 살았던 영국인 신사가 프랑스 시골에 적응하긴 쉽지 않았다. 드넓은 농장을 갖춘 집을 장만했지만 정작 그 프랑스 시골집은 이안 무어의 것만은 아니었다. 자신들의 동물을 보호할 수 있는 최후의 보루이자 구조대의 최일선이라고 생각하는 그의 아내와 자식들이 대책 없이 각종 동물을 데리고 오는 바람에 그의 집은 동물(말썽꾸러기 고양이, 툭하면 자위행위를 일삼는 변태 성향의 개, 바이킹의 힘을 물려받은 조랑말, 그리고 남의 집 식탁에 오를 위기에서 구출된 닭들이 그 면면이다) 천지가 되었다.

허구한 날 해야 하는 다양한 동물들의 뒤치다꺼리는 사실 이안 무어가 겪은 고초의 서막에 지나지 않는다. 일단 장소를 불문하고 마주치기만 하면 잔소리를 내뿜는 프랑스 시골 할머니들, 민원인을 골탕 먹이기 위해서 존재하는 듯한 프랑스의 공무원들, 느리고 느린 프랑스의 건축업자 등 도무지 영국인 이안 무어가 이해할 수 없는 수많은 장벽이 그를 황당하게 만든다. 그러나 『영국에서 사흘 프랑스에서 나흘』은 다행스럽게도 '맞아 죽을 각오를 하고 쓴 프랑스 문화 비평서'는 아니다. 이 책의 모든 페이지에는 프랑스의 시골과 이웃에 대한 애정이 가득하다. 당연하게도 이안 무어는 현재 프랑스 시골 생활에 만족하면서 살고 있다. 저자가 코미디언이라 어느 정도 예상은 했지만, 이 책은 내가 요즘 가장 유머 있다고 생각하는 요나스 요나손의 『셈을 할 줄 아는 까막눈이 여자』(열린책들, 2014)보다 훨씬 더 찰진 재미를 독자들에게 준다.

이안 무어의 유머러스한 필체는 그가 멋진 양복을 입고 말똥을 치우는 장면이 아닌, 이미 프랑스라는 나라의 작동을 멈추게 한 공무원을 비판하는 내용에서 빛을 발한다. 엄격한 관료주의를 무기 삼아 마치 도살을 기다리는 가축처럼 불쌍한 민원인들을 괴롭히기 일쑤인 프랑스 공무원들의 행태를 비판하는 장면은, 마치 『카라마조프 가의 형제들』의 하이라이트 '대심문관' 부분에 비견되는 명문이라고 생각한다. 대체 이안 무어는 어디서 글을 배웠기에 다른 사람을 비판하면서 이렇게 웃길 수가 있단 말인가. 유머 있는 필체로 쓰인 냉혹한 비판문의 바이블이 되기에 충분한 책이다.

“

남자가 죽기 전에 꼭 해봐야 할 일

퇴근했는데 딸아이는 학원에서 아직 돌아오지 않았고 아내만 있었다. 파스타 면이 아닌 메밀 면을 삶길래 내심 쾌재를 불렀다. 딸아이의 취향이 아닌 남편이 좋아하는 저녁을 준비하다니 참 기특한 일이었다. 콧노래를 부르면서 대기하다 보니 어느새 "와서 먹어"란다. 이 또한 흔치 않은 일이다. 보통 식사 콜은 딸아이에게 하도록 하고 나는 그 콜을 주워듣고 알아서 찾아가기 때문이다. 아차, 딸아이가 없으니 나만을 위한 콜이 당연한 것이기는 했다.

보기에도 탐스러운 메밀 비빔면이 양푼에 가득 담겨 있었다. 허겁지겁 메밀국수를 아내와 함께 먹었다. 나눠 먹는다기보다는 땅따먹기식으로 누가 많이 먹나 내기를 하는 형국이었다. 다행스럽게도 아내의 입맛에는 지나치게 매운 모양인데 내 입맛에는 딱 맞았다. 결국, 내가 아내보다 훨씬 많이 먹게 된 모양인데 급기야 양푼의 바닥이 보이기 시작했다. 보다 못해서인지, 이미 사전에 결정되었는지 아내가 내 젓가락을 통제하기 시작했다. 그리고 한마디 한다. "이따가 도윤이 오면 스테이크를 구워줄 테니 같이 먹어"란다. 느끼한 고기보다 매콤한 비빔국수를 더 좋아하는 나로서는 애석한 일이지만 어쩔 수 없는 노릇이었다. 곰곰이 생각해보니 아내의 속내를 어렴풋이 짐작할 수 있을 것 같았다.

딸아이에게 영양가가 많은 스테이크를 많이 먹이고 싶은 아내는 나를 마치 마라톤의 페이스메이커로 삼을 심산이었다. 내가 국수로 배를 가득 채우는 것을 경계하여 딸아이와 함께 스테이크를 먹을 수 있는 여지를 남겨두려는 속셈이었다. 그리하여 딸아이에게 스테이크를 함께 먹는 상대가 있고, 어느 정도의 경쟁심을 자극하여 결과적으로 딸아이의 기대 섭취량을 높이려는 고도의 술수였다. 안타깝지만 채워지지 않는 2퍼센트의 식욕만 남긴 채 젓가락을 내려놓았다.

곧 우리 집안의 권력 서열 1위인 딸아이께서 귀가하셨다. 아내의 역량이 총체적으로 발휘된 마늘 스테이크 두 조각이 서빙되었다. 페이스메이커답게 서둘러 스테이크를 먹기 시작했는데 딸아이도 열심히 칼질을 했다.

그런데 내가 페이스메이커 역할에 너무 충실했는지 딸아이가 내 몫이라 여긴 스테이크마저 노렸다. 이미 어느 정도 양보를 한 터였는데 코흘리개의 남은 푼돈까지 집어삼키려고 하지 않겠는가. 딸아이와 나와의 작은 신경전이 시작되었다. 물론 제후인 딸아이는 기사인 아내에게 출동을 요청했고, 아내의 입에서 결국 이런 유권해석이 나오기에 이르렀다. "그것까지 네가 다 먹어. 아빠는 메밀국수를 많이 먹어서 지금 배가 불러." 나는 괜찮다. 나에게도 우리 엄마가 있다. 그러나 내 어머니는 벌써 13년째 중풍으로 와병 중이고, 페이스메이커로 삼아야 할 남편, 즉 내 아버지는 이미 수십 년 전에 별세하셨다.

병간호에 대하여

남자가 죽기 전에 꼭 해봐야 할 일 중의 하나가 '어머니를 병간호해보는 것'이라고 생각한다. 나 혼자만의 특수한 경험인지는 모르나 내가 중풍으로 쓰러지신 어머니를 돌봐보지 않았다면 어머니의 손이 그렇게 크다는 사실을 영원히 몰랐을 터이고, 손수 씻겨드리는 일도 없었을 터다. 2002년 새벽녘 밭에서 쓰러지시고, 늘 함께 다니던 애완견의 애탄 구조 요청 덕분에 간신히 병원으로 옮겨지신 어머니는 우리 집을 포함해서 정확히 열세 곳의 병원, 요양 병원, 거처를 옮겨 다니셨고 그 모든 행선지는 내가 결정하고 함께했다.

어머니가 네 번째 병원에서 나의 도움으로 간신히 대변을 해결한 후에 서럽게 우시던 기억이 생생하다. '앞으로 밥은 누가 해줘서 먹을꼬'라며 눈물을 흘리시는데 그 죄송스러움은 이루 말할 수가 없었다. 종갓집의 종부로 살아오면서 가족과 얼굴도 모르는 시댁의 조상 제삿밥을 하는 일로 평생을 보낸 어머니가 늘그막에 병이 들어 당신 자신의 밥걱정을 하셨다. 병세의 호전도 호전이지만 당신께서는 '끼니를 때우는 일'이 암담하셨던 것이다. 종가의 종부로 평생을 살다시피 한 어머니께서 말년에 몹쓸 병을 얻었는데 당신 자신의 '끼니'를 걱정하게 한 아들의 불효는 이루 말할 수 없이 크다.

내가 12년간 주로 남의 손을 빌려 어머니의 끼니를 봉양했다면 『나는 어머니와 산다』(어른의시간, 2015)를 출간한 한기호 출판평론가는 치매 초기 어머니의 삼시세끼를 손수 봉양해오고 있다. 나 자신도 2년간 직접 우리 집에 모시고 어머니를 돌본 경험

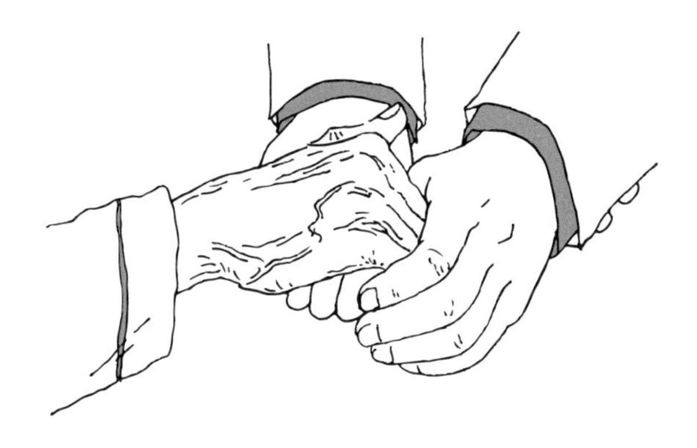

으로 비추어 6년 이상 치매 노인을 손수 봉양한다는 것은 대단하다는 말로는 턱없이 부족하다. 더구나 한기호 소장은 홀로 살며, 그 자신도 노년에 치닫는 나이라서 더욱 그렇다.

혼자서는 거동을 못 하는 반신불수의 중풍 환자를 돌보는 것과 사지는 멀쩡하지만 치매를 앓는 노인을 돌보는 일을 비교하자면, 후자가 훨씬 더 힘들다. 직접 경험해보니 그렇다. 중풍 환자인 어머니는 기저귀를 갈아주고, 식사를 챙기고 나면 적어도 서너 시간의 '망중한'을 즐길 수 있지만, 치매 환자는 온종일 곁에서 지켜봐야 한다. 중풍 환자는 그나마 의사소통할 수 있어 환자가 불편한 점을 듣고 해결해줄 수 있지만 치매 환자는 본인이 어디가 불편한지, 무엇이 필요한지 알 수가 없는 경우가 허다하다. 그렇다고 한기호 소장이 하는 일이 없어서 어머니에게만 전념할 수 있는 처지도 아니다. 한기호 소장은 한국출판마케팅연

구소장으로서 한 달에 세 권의 잡지를 펴내고, 수시로 단행본을 출간한다. 그뿐인가. 출판계의 쓴소리꾼으로서 열정적으로 각종 현안에 대해서 의견을 내고, 서평가로서 그 누구보다 더 많은 책을 읽고 수많은 서평을 쓰고 있다.

한기호 소장이 존경스러운 것은, 내가 12년 동안 '어머니를 좀더 잘 치료할 의사, 좀더 잘 보살펴줄 시설'을 찾는 데 골몰했다면, 그는 한 시간이 넘게 걸리는 수산시장에 들러 민어를 사서 어머니를 위해 직접 요리하는 일상을 해왔기 때문이다. 한기호 소장은 틈만 나면 치매 환자인 어머니를 안아드리고, 사랑한다는 말을 한다고 한다. 그런데 그는 원래 '사랑한다'는 말을 평생 입 밖에 내지 않던 사람이었다. 무뚝뚝한 경상도 사내인 나도 그와 다르지 않다. 아내와 딸아이에게도 사랑한다고 말한 기억이 거의 없다. 낯간지럽다는 말도 안 되는 이유 때문이다. 장성한 아들이 늙고 병든 어머니를 병간호하는 일이 주는 축복은 어머니와 그 어느 때보다 가까워지고 평생 하지 않았던 사랑 고백을 하는 것이 아닐까 싶다. 어머니의 기저귀를 갈아드리고 화장실에 부축해서 볼일을 보게 하고 목욕을 시켜드리는 일은, 병간호의 괴로움이 아니라 병간호의 즐거움에 가깝다고 본다.

나는 대놓고 "사랑해요"라는 말은 못 하고, 어버이날에 꽃을 달아드리면서 "꽃에 사랑합니다, 라고 적혀 있네요"라는 간접화

법으로 간신히 대신했는데 어머니는 환한 미소를 보여주셨다. 그 무엇보다 힘든 것이 병간호지만, 자식으로서 부모에게 적게나마 보답하고, 서로의 애정을 주고받는 계기가 되는 것이 부모님을 병간호하는 일이다.

지금도 나는 주말마다 요양원의 어머니를 찾으려고 노력한다. 요양원에 가면 주로 실내에서만 생활하는 어머니와 함께 휠체어로 요양원 주위를 산책한다. 마땅한 구경거리가 있을 리가 없다. 우리는 요양원에서 키우는 개 그리고 주위의 들고양이를 유심히 오랫동안 관찰한다. 어머니의 병환은 고통스러운 일이지만, 병간호를 하고 어머니를 찾음으로써 단 한 번도 눈여겨보지 않았던 주변의 일상을 오래 들여다보고, 서로 감상을 나누는 즐거움도 함께 다가온다.

어머니의 치매에 대하여

남들이 도와주지 않으면 침대에 꼼짝없이 누워 있어야만 하는 어머니의 팔다리를 지켜보는 일보다, 거의 텅 빈 것처럼 보이는 부실한 치아를 보는 일이 더 고통스럽다. 딱딱한 과일이나 질긴 고기를 게걸스럽게 먹을 때마다 어머니의 부실한 치아가 생각나고 문득 죄스러워진다. 나의 치아를 고치겠다고 치과를 찾기도 망설여진다. 당신의 몸이 만신창이가 되어도 어머니에게 자식은 늘 걱정거리다. 요양원을 찾을 때마다 내 안색을 살피시고 건강을 염려하신다. 지난주에는 내 코에 난 점이 없어지지 않아 걱정이라며 병원에 꼭 가보라는 당부를 서너 번도 더 하고, 나의 다짐을 받고서야 걱정을 거두어들이겠다고 하셨다.

오카노 유이치의 『페코로스, 어머니 만나러 갑니다』(라이팅하우스, 2013)는 좀 특별한 어머니 간병기다. 나의 경우, 물론 어머니 본인의 고통이 가장 컸겠지만 병간호를 하는 나도 말 못 할 우여곡절을 겪었다. 그 결과 나는 나의 욕심이기도 하지만 어머니를 병간호하는 자식들을 위한 '병간호 안내서'를 책으로 낼 생각을 했다. 그러나 『페코로스, 어머니 만나러 갑니다』를 읽고 나서 그 생각을 냉큼 거둬들인 바 있다. 이유는 간단했다.

『페코로스, 어머니 만나러 갑니다』처럼 유머 있고 실제로 도움이 되는 간병기를 쓸 자신이 없어졌기 때문이다. 그만큼 오카노 유이치는 치매에 걸린 어머니를 병간호하는 치열한 상황에서도 시종일관 유머를 발휘하여 독자에게 절망 속에서도 희망을 찾게 해준 작가다. 환갑을 넘긴 저자는 페코로스('대머리'라는 뜻)라는 별명을 가진 평범한 사내다. 지역 정보지에 네 컷 만화로 치매에 걸린 어머니와의 일상을 담아냈고 자비로 출판한 『페코로스, 어머니 만나러 갑니다』가 일약 인기 도서에 올랐다.

그의 만화에는 우울한 기색이라고는 전혀 없다. 한 가정을 파괴한다는 무서운 병으로 알려진 치매에 걸린 어머니와의 에피소드를 시종일관 유머 있게 그렸을 뿐만 아니라, 치매에 어떻게 대하고 대처해야 할지에 관한 실질적인 충고를 독자들에게 제공한다. 부모님이나 형제자매가 치매에 걸리면 나머지 가족들의 고통도 상상을 초월한다. 그중 일부는 일고의 고민도 없이 치매 환자를 요양 시설에 의탁하기도 하고, 효심이 지극한 일부는 무리해서라도 직접 모시기도 하는데, 주변 사람들은 치매 환자 가족에게 이런저런 충고를 섣불리 하기도 주저하게 된다.

효심이 아무리 지극하다 하더라도 치매나 중풍 환자를 직접 집에서 병간호하면 큰 무리수가 뒤따른다는 것은 자명하다. 물질적이고 가시적인 고통도 고통이려니와 정신적인 갈등도 만만찮다. 오카노 유이치는 치매 환자는 국가나 공공시설에 맡기되 가능한 한 자주 찾아뵙는 게 가장 최선이라고 말했고, 나도 이 생각에 적극적으로 동의한다.

“

담배가 뭐길래

저녁을 먹고 잠시 텔레비전을 보던 아내가 운동하러 나가겠단다. 자존심이 강한 아내는 대놓고 운동하러 가자고 제안하지 않는다. 거실에 있다가 옷방으로 가면서 혼잣말인 양 “운동이나 하러 가야겠다”라며 나에게 들릴 듯 말 듯 말할 뿐이다. 그러니까 ‘나는 운동을 하러 갈 텐데 너도 갈 테면 같이 가자’ 뭐 이런 메시지를 간접적으로 주는 셈이다. 적어도 내가 해석하기로는 그렇다. 본인은 거절에 대한 위험이 없고 나는 거절하는 위험부담을 가지지 않는 방법이니 화술의 대가인 아내답다.

담배 한 개비의 시련

마침 푹 빠져서 읽고 있는 소설이 있어서 무응답으로 간접적인 거절을 했고, 아내는 곧 옷을 챙겨 입더니 집을 나갔다. 아내가 나가니까 신기하게도 읽고 있는 책보다는 담배 생각이 머릿속에 가득 찼다. 그렇다고 일부러 집을 나가 담배를 태워야만 하는 니코틴 중독자의 궁색한 모습을 보여주기는 싫고, 현장을 목격당해 잔소리를 들을 용기도 없었다. 아내가 혹시 뭔가를 빠뜨려서 집으로 다시 돌아올 수 있는 예상 시간까지 정확히 계산한 다음, 옷을 주섬주섬 갈아입고 조심스럽게 나도 집을 나섰다.

설레는 마음으로 현관문을 여는 순간 "어디 가?"라는 아내의 목소리가 나를 식겁하게 하였다. 운동하러 간다는 아내는 전실에 있는 헬스용 자전거에서 운동하고 있었던 것이다. 아내는 전실에 불을 켜지 않고 운동을 하고 있었는데, 미처 아내의 존재를 인식하지 못하고 마치 저 깊은 심연에서 나를 책망하는 듯한 목소리를 먼저 들은 나의 당혹감과 놀람은 실로 어마어마했다. 순간 머릿속이 하얘졌고 다리는 후들거렸다.

아내는 전생에 관심법의 창시자인 궁예임이 틀림없다. 내가 무슨 대처법을 생각할 틈도 주지 않고 "담배 피우러 나가다가 나한테 들킨 거지?"라며 속사포를 쏘아댄다. 내가 "아, 어디 가는 것은 아니고 차에 뭣 좀 가지러 가려고"라는 궁색한 변명이라도

하게 된 것은 잠깐의 정신적인 아노미 상태에서 겨우 벗어난 몇 초 뒤였다. 그러고선 복잡한 심경으로 집을 나서려는데 아내가 아무 말 없이 자전거에서 내린 다음 내 뒤를 쫓는다. 내 말을 못 믿는 아내가 정말 차에 볼일이 있는지 확인하려는 것임을 눈치채고 절망을 넘어서 쓰러질 것 같은 좌절감에 몸서리를 쳤다. 차 키가 있어야 차에서 뭔가를 꺼내 오는 시늉이라도 할 것 아닌가 말이다. 너무나 자포자기한 심정이 되어서 "아, 차 키를 가져오는 것을 깜박했네"라고 말하고 다시 집으로 들어갈 힘도 나지 않았다.

졸지에 타인의 힘으로 내 다리가 움직인다는 무의식 상태가 된 나에게, 나를 따라오는 아내의 발자취가 마치 어릴 적 꿈속에서 "내 다리 내놔"라며 뒤를 쫓던 무덤 속 처녀 귀신의 그것처럼 느껴졌다. 기껏 담배 한 개비에 이런 시련을 겪어야 한다는 게 한심스럽다는 자괴감조차 느낄 여유가 없었다. 무심히 형장으로 향하는 길에 접어든 사형수의 심정을 조금이나마 알겠다는 미미한 자각만이 내 머릿속을 휘감았다. 마침내 형장에 도착했다. 차 키도 없으면서 문을 열려는 시늉을 아무 생각 없이 할 찰나에 별생각 없이 뒤를 돌아보았는데, 내 뒤통수 뒤에 있을 거라고 예상되던 아내는 엉뚱한 방향으로 멀어져가고 있었다.

안도감, 기쁨, 어이없음이라는 복잡한 감정이 뒤섞인 나는 간신히 야밤에 아녀자가 밤거리를 배회하는 것을 질타하는 남편의 기운을 담아 "지금 어디 가는 거냐?"라는 말을 뱉어낼 수 있었다. 아내는 무심한 말투로 근처 고등학교 운동장에 간다고 했다. 주머니를 뒤적거려보니 내가 들고 나온 한 개비의 담배는 두 동강 나 있었다.

끽연의 유익함과 숭고함 사이에서

흡연자로 치면 나는 대기만성에 속한다. 대한민국의 많은 남자가 흡연을 시작한다는 군대 시절에도 나는 담배를 피우지 않았다. 물론 그 나이가 되도록 담배를 피우지 않았다는 것은 '본격적으로' '풀타임' 흡연자가 되지 않았다는 뜻이지, 어린아이가 불장난하는 듯한 좀도둑 담배, 즉 장난삼아 어른들의 눈을 피해서 하는 흡연은 사실 코흘리개를 간신히 면한 시절에 이미 시작되었다. 고등학생 시절 아버지의 담배를 몰래 훔쳐서 나보다 어린 코흘리개를 데리고 산이나 들로 다닐 때 그들보다 우위에 있는 위치라는 것을 과시하기 위해서 담배를 피우곤 했다. 물론 감히 담배 연기를 속으로 들이마셔서 피우는 것이 아니고 입으로만 뻥긋거리는 어설픈 초보 흡연자였다.

그때 내 휘하에 있던 코흘리개들에게 나는 이런 말을 했더랬다. "담배는 말이야, 너희 같은 어린아이들이 피면 몸에 굉장히 해로우므로 형처럼 나이를 먹어서 피워야 하는 거야." 고등학생이 어린아이들을 상대로 '어린아이에게 미치는 흡연의 악영향'에 대한 일장 훈시를 하면서 담배를 나름대로 폼 나게 피운 것이다. 말하자면 지나가던 개가 웃을 일이었고 본격적으로 진정한 흡연자가 된 것은 30대 초반이다.

당시 나는 고향의 시골집에서 살았는데 내 방은 외양간과 이웃하고 있었고 밤새도록 유일한 기척이라면 바람소리와 새소리 그리고 이따금 벽에 자신의 뿔을 부대끼는 소의 몸부림과 숨소리가 유일했다. 내 방엔 책만 있었을 뿐 그 흔한 텔레비전도 없었다. 밤새도록 뭘 하겠는가. 책을 읽다 지겨워지면 문을 열고 밖으로 나갔는데, 멍하니 하늘의 별만 바라보기엔 밋밋하지 않겠는가. 그때 본격적으로 담배를 피우기 시작했던 것으로 기억한다.

노상 방뇨를 해도 누구 하나 탓할 사람이 없고, 심지어 마구 고함을 질러도 뭐라고 할 사람도 없는 한적한 시골의 밤하늘 아래에서 할 짓이라곤 담배를 피우는 일이 유일했다. 술자리나 식사자리도 누구와 함께하느냐, 어떤 분위기와 장소에서 하느냐에 따라서 여러 가지 등급이 있다고 하는데, 만약 끽연의 즐거움에도 나는 가장 윗자리에 단연 시골의 밤하늘 아래에서 피우는 것을 두고 싶다.

연초에 세우는 올해의 목표 중 가장 흔한 것이 금연임을 고려하면 끽연을 옹호하는 나의 주장이 다소 반사회적일지는 모르지만, 기왕에 하는 흡연이라면, 도저히 끊을 수 없는 흡연이라면, 흡연의 위험성을 두려워하기보다는 즐기는 것을 감히 권하고 싶다. 내가 두려움을 무릅쓰고 이런 반사회적인 주장을 할 수 있게 용기를 준 책이 하루야마 시게오가 쓴 『뇌내혁명』(사람과책, 1996)이다. 『뇌내혁명』은 한마디로 '정신이 육체를 지배한다'는 대전제를 바탕으로 한다. 저자는 금연을 누구보다 강조해야 할 의사이면서도 흡연의 해로움만을 주장하지 않는다. 하루야마 시게오는 대담하게도 흡연을 하더라도 '아! 담배 맛 정말 좋구나'라는 긍정적인 마음으로 그 즐거움을 만끽한다면 흡연이 생각보다 덜 해롭지만, 어차피 피우는 담배를 '몸에 해롭다'는 걱정을 하면서 핀다면 과연 건강에 얼마나 치명적이겠느냐고 주장한다. 이 책을 읽은 지 20년이 지났지만, 아직도 나는 하루야마 시게오의 주장을 철석같이 믿는다.

말하자면 긍정적인 마음이 인체에 해로운 물질이나 습관의 해로움을 상쇄할 수 있다는 주장이다. 반면 부정적인 마음은 굳이 인체에 해롭지 않은 활동이라고 생각한 것마저 우리의 육체를 병들게 한다고 한다. 예를 들면 음악을 듣더라도 슬픈 가사의 유행가보다는 차라리 가사가 없는 클래식이 우리 몸에 좋으며, 종교 활동을 하더라도 자신의 입신양명이나 자식의 성공을 기원하기보다는 순수한 마음으로 종교 자체를 즐겨야 한다고 주장한다.

감옥에 갇힌 죄수가 오로지 머릿속으로만 당구 연습을 해서 실제로 당구의 고수가 된 예가 있듯이, 의사인 자신이 수련의 시절 오로지 머릿속의 상상(이미지 트레이닝)만으로 수술 연습을 끊임없이 한 결과 처음 한 수술을 너무나 훌륭하게 해냈다는 경험까지 곁들여서 긍정의 위대함을 뒷받침한다. 하루야마 시게오의 충실한 추종자답게 나는 애주가들이 술을 마시면 두 개의 세상을 사는 것처럼 느끼듯이 긍정적인 끽연가들은 비흡연자들이 경험하지 못하는 또 다른 세상을 경험한다는 다소 위험한(?) 신념을 지니고 있다.

끽연가의 입장에서는 그 제목만으로 충분히 가슴을 설레게 하는 책이 또 있다. 『뇌내혁명』(1995년 초판 출간)과 같은 해에 출간된 『담배는 숭고하다』(문학세계사, 1995)라는 책이다. 백해무익하다는 원죄에 시달리는 담배와 흡연자에겐 마치 복음과도 같은 제목을 지녔지만, 기실 흡연 자체에 대한 찬반론을 강조하지는 않는다. 담배가 미치는 물리적인 영향에 치중한 과거의 주장, 출판물, 홍보물과는 달리 담배와 흡연을 철학, 문학적인 측면에서 고찰하는 고상한 책이다.

애연가들의 열화 같은 기대와는 달리 '흡연의 위험에 대한 두려움'에서 완전히 자유로워야 한다는 전제 조건을 내세운 『뇌내혁명』의 하루야마 시게오의 주장이 담배의 유익함을 주장하는 것이 아니며, 『담배는 숭고하다』의 저자 리처드 클라인도 실은 완전히 금연에 성공한 인물이라는 점이 숨어 있는 함정이다. "건강에 좋다고 한다면 담배를 피울 사람은 거의 없을 것"이라는 리처드 클라인의 통찰이 멋지기는 하지만 흡연자들에게 결코 위안을 주는 말은 아닐 것이다.

출간되자마자 베스트셀러에 오른 『뇌내혁명』과는 달리, 도발적인 제목으로 눈길을 끌긴 했지만 그다지 사회적 분위기와 부합하지 못한 『담배는 숭고하다』는 많이 팔린 책은 아니었다. 자연스럽게 절판되었고, 다만 오로지 유해하다고만 치부되던 흡연에 대한 형이상학적인 고찰을 한 특이한 책으로 여겨져서 소수의 헌책 사냥꾼의 구매 목록에 올라 나름 구하기 어려운 책의 반열에 오르기도 했다. 우연인지 기획의도였는지는 알 수 없으나 담뱃값이 대폭 인상된 시기에 재출간된 것을 보니, 결국 『담배는 숭고하다』는 흡연의 즐거움보다는 유해함을 말하는 책인가 보다.

“

야구를 아무리 싫어해도

아내가 웬일로 수제 스테이크를 만들어준단다. 아내가 요리 중인데 감히 서재에 틀어박혀 있다가 어슬렁거리며 식탁으로 나온다는 것은 아내의 헌신에 대한 도리가 아니다. 일찌감치 거실 소파에 앉아서 아내가 정성껏 만든 수제 스테이크를 게걸스럽게 먹을 준비가 되어 있다는 포지션을 취하고 있었다. 아내 요리의 수혜자인 것은 딸도 마찬가지이지만 그 아이와 나는 처지가 확연히 다르다. 딸아이는 엄마가 만들어준 요리를 맛나게 먹어주는 것(맛이 없다고 투정을 잔뜩 부리다가 음식을 남기지만 않으면 된다)만으로도 도리를 200퍼센트 다하는 것이지만 나는 요리에 대한 찬사와 설거지를 말끔하게 해야 밥값을 겨우 치르는 셈이다. 당연히 딸아이는 엄마가 요리 중임에도 제 방에서 느긋하게 스마트폰 삼매경에 빠져 있었다.

꼭 저런 걸 봐야 해?

어쩌다 보니 평소에는 강호의 열강들이 활거하던 거실이 무주공산이 되어버린 것이다. 호랑이가 없는 곳에서는 토끼가 왕이라고 느긋하게 텔레비전을 켜서 프로야구를 시청하기 시작했다. 거실의 주인들이 있을 땐 감히 상상조차 못 하던 호사였다. 거실에서 텔레비전으로 야구를 시청하는 경우는 아내와 딸아이가 다른 채널로 넘기다가 머무는 0.5초간에 지나지 않았다. 야구는 늘 서재에서 노트북으로 보는 게 일상인 내가 거실 소파에 앉아서 야구를 보자니 감개무량했다. 5분이 지나자 '거실에서 텔레비전으로 야구를 보는 기분이 이런 것이구나' 감탄까지 절로 나왔다. 안타깝게도 그 평화는 오래가지 않았다. 아내가 스테이크를 받쳐 들고 거실 탁자로 왔기 때문이다. 스테이크를 보니 제법 고급 레스토랑에서 보던 것과 비주얼이 비슷했다. 어디서 본 것은 있어서 야채로 장식까지 했다. 다만 스테이크를 자르는

도구가 어제 내가 사과를 깎아 먹던 바로 그 과도라는 것이 옥에 티였지만 어쨌든 맛나 보였다.

그런데 야구가 문제였다. 안 그래도 불안한 마음으로 야구를 보고 있는데, 아니나 다를까 딸아이가 한마디했다. 가족끼리 있는데 꼭 저런 거(야구 중계)를 봐야 속이 편하냐고 망발이다. 야구에 '야' 자가 들어간다고 무슨 야한 동영상이라도 되는 것인 양 말을 한다. 인생의 축소판인 숭고한 야구를 감히 유해물로 취급하는 두 여자를 앉혀두고 야구를 보는 나도 당연히 마음이 불편했다. 그러나 가장의 자존심을 살려야지, 쥐방울만 한 딸내미가 한마디 한다고 해서 그들이 사랑하는 예능 프로그램 채널로 돌려주고 싶지는 않았다. 쥐꼬리만 한 내 자존심은 지켜야 했다. 버럭 성질을 내고 싶었지만 꾹 참고 자상하게 말했다. "딸내미야, 아빠와 함께 야구장에 왔다고 생각하면 안 되겠니"라고 말이다. 그 말을 듣자마자 딸내미는 시크한 중딩답게 "뭐래"란다. 한마디로 말이냐 방귀냐 이런 식이다.

그런데 어쩐 일로 아내가 딸아이의 편을 들지 않았다. 가만히 졸개들의 다툼을 지켜보기만 할 뿐이었다. 딸아이와의 일대일 신경전은 자신 있었다. 하늘보다 높은 아버지의 권위와 '버럭 고함'이라는 핵무기가 나에겐 있지 않은가. 그 상태로 5분이 지났다. 7분이 지났다. 10분이 지났다. 아, 나 스스로 불편해서 못 살 지경이 되었다. 왕자와 순식간에 신분이 바뀐 거지 이야기가 생각났다. 스테이크를 말끔히 비우자마자 조용히 리모컨을 딸아이에게 인계하고 서재로 직행했다. 그래, 야구는 역시 노트북으로 보고 수시로 야구 게시판을 들락거리면서 보는 것이 제맛이지. 내가 저들에게 길들여진 것도 굴복한 것도 아니란 말이다, 라고 자위하고 싶지만 녹록지가 않았다.

그렇다. 야구는 남자들의 운동이지, 여자들의 것이 아니다. 집 안에서 남자 야구팬이 야구를 즐기는 경우는 두 가지 경우다. 리모컨의 독재자가 되는 것과 나처럼 순한 평민이 되어 골방에 틀어박혀 인터넷으로 관전하는 방법이다. 집 밖이라고 해도 사정은 크게 달라지지 않는다. 가족들과 함께 '치맥(치킨과 맥주)'을 즐기면서 야구장을 찾는 것은 모든 남자 야구팬의 로망이긴 하지만, 야구에 관심이 없는 여자 입장에서는 남자들이 아내 뒤를 따라다니면서 백화점을 순례하는 고행만큼이나 어려운 일이다. 응원을 열심히 해보겠다고, 야구를 좀더 생동감 있게 구경하겠다고 치어리더 바로 앞 좌석을 찾는다면 '아빠는 변태'라는 달갑지 않은 오명을 뒤집어쓸 수도 있다.

나처럼 평생 가족과 생이별을 해가면서, 은둔자로 산다는 비아냥을 감수하면서, 어두컴컴한 서재에서 혼자 컴퓨터를 부여잡고 야구팬 노릇을 하기 싫다면 여자 친구나 아내와 딸을 야구팬으로 만들면 된다. 그러나 야구는 규칙이 복잡하기로 소문난 운동이다. 근 30년째 야구팬 노릇을 하고 있는 나도 복잡하고 어려운 룰 때문에 어리둥절한 경우가 한두 번이 아니다. 그런 점에서 『허구연의 여성을 위한 야구 설명서』(북오션, 2015)는 남자 야구팬의 큰 축복이다. 여자 친구, 아내 그리고 딸을 야구팬으로 만드는 프로젝트를 계획 중인 남자라면 이 책만큼 큰 도우미는 없다.

허구연 해설위원은 야구에 관한 열정이 가히 최고다. 선발, 중간계투, 마무리의 개념조차 희박했던 한국 프로야구 초창기 시절 그는 입버릇처럼 메이저리그의 운영 체계와 선수 관리, 경기 운영 등을 설파한 전도사였고 어느 정도 프로야구가 정착된 시기부터는 야구 인프라에 대한 열렬한 전사로 활동하고 있다. '허구라'라는 별명을 가질 정도로 구수하고 해박한 야구 해설로도 인기가 많지만, 바쁜 해설자 생활을 하면서도 메이저리그 전

경기를 챙겨 보는 노력파이기도 하다. 그러나 허구연 해설위원이 한국 프로야구에 선사한 가장 큰 공은 무엇보다 야구 인프라 확충을 들어야 한다. '기승전돔', 즉 무슨 말을 하든지 결국 막판엔 "돔구장을 지어야 합니다"라는 멘트로 귀결되는 그의 눈물겨운 그리고 집요한 노력 덕분에 아마추어 야구장은 급격히 늘었고, 기아와 삼성을 비롯한 여러 구단이 새로운 구장을 건설했거나 건설하는 중이었다.

그리고 최근 허구연 위원은 이 책을 계기로 하드웨어적인 야구 인프라에서 인적 인프라의 전도사로 전향하는 듯하다. 야구장 시설이 아무리 좋은들 관중이나 팬이 늘지 않으면 무슨 소용이 있겠나. 그래서 구단과 선수의 팬 서비스가 중요하다.

여성을 위한 야구 설명서

야구팬을 확충하는 데 급선무는 여성을 팬으로 만드는 것이다. 그렇다고 무턱대고 '여자들이 야구장 가는 날' 캠페인을 벌일 수는 없잖은가. 『허구연의 여성을 위한 야구 설명서』의 출간 취지는 일단 야구라는 운동을 여성들에게 알리고, 복잡한 룰을 자랑하는 야구를 가장 쉽게 이해할 수 있도록 돕는 데 있다. 그래서 이 책은 스트라이크와 볼, 파울을 구분하지 못하며, 국내에는 어떤 프로야구 팀이 있는지 잘 모르는 이들도 쉽게 이해할 수 있도록 쓰였다. 말하자면 우연히 야구 중계 채널을 틀었다가 아나운서가 '탈보트(미치 탬벗)' 선수의 이름을 말할 때 이름이 '탈모틀'이 뭐냐면서 배꼽을 부여잡고 웃는 나의 아내와 딸아이도 이 책으로 야구 지식인이 될 수 있다.

이 책은 먼저 국내 야구단들의 특징과 상황을 소개한다. 통합 5연패를 노리는 삼성라이온즈부터 신생 막내 구단인 kt 위즈에 이르기까지 국내 모든 구단에 대한 잡다한 지식을 망라한다. 일단 응원하는 팀이 있어야 야구에 대한 애정과 공부할 동기가 생기는 것이라 각 구단 설명을 제일 앞에 둔 것에서도 야구에 대한 허구연 위원의 애정이 묻어난다.

야구단 소개를 뒤잇는 대목은 도대체 어떻게 해야 아웃되며 이닝이 바뀌는지도 모르는 야구 생초보를 위한 기초적인 룰에 대한 설명이다. 스트라이크, 볼, 아웃, 파울볼, 득점을 비롯한 야구가 진행되는 기본 규칙과 함께 야구 심판 그리고 한 해 야구 농사를 결산하는 포스트시즌에 대한 자상한 소개가 이어진다.

남편이 야구 전도사라고 해서 복잡한 야구 규칙을 모두 꿰고 있을 수는 없다. 야구로 밥벌이를 하는 선수나 심판조차 가끔 헛갈리는 게 야구 규칙이다. 아내가 질문한 알쏭달쏭한 경기 상황을 능숙하게 설명할 수 있도록 4장 '남자친구도 모를 야구 이야기'에는 규정이닝과 규정타석, 빈볼, 평균자책점 계산법 등 다소 전문적인 분야에 대한 설명도 담겨 있다.

야구는 흔히 투수 놀음이라고 한다. 그만큼 투수가 경기 결과에 미치는 영향은 절대적이다. 수치로 굳이 환산하자면 야구는 80퍼센트 정도 투수력에 의해서 좌우된다고 한다. 초등학교 시절 동네 야구를 할 때 야구를 가장 잘하는 아이에게 투수를 맡기는 것이 결코 어리석은 일이 아니었다. 투구 폼, 다양한 구종, 와인드업과 세트포지션 등에 관한 정확한 해설은 웬만한 야구팬도 명확히 설명하기 힘든데, 이 책의 6장 '투수의 세계' 부분을 통독한다면 꽤나 전문적인 야구 지식을 갖추었다고 자부해도 될 듯하다. '기승전돔'으로 유명한 야구 인프라 전도사답게 이 책의 말미는 역시 '인프라가 왜 중요한가'에 대한 주장으로 장식된다. 음지에서 야구팬 노릇을 하는 이 세상의 모든 남자들이여, 이 책을 당신이 사랑하는 여자들에게 선물하길 권한다.

마이클 루이스가 쓴 『머니볼』(비즈니스맵, 2011) 또한 야구 전도사로서 부족함이 없는 책이다. 야구를 아무리 싫어해도 무려 브래드 피트가 주연한 영화 〈머니볼〉을 보지 않은 여성은 드물지 않겠는가. 『머니볼』은 메이저리그의 대표적 스몰 마켓, 즉 가난한 구단인 오클랜드 애슬레틱스의 단장 빌리 빈(심지어 이 양반도 대단한 미남이다)의 성공담을 다뤘다. 박찬호의 팬이라면 이

지긋지긋한 팀을 모를 리 없다. 박찬호는 한때 메이저리그를 대표하는 강속구 투수였지만, 오클랜드 애슬레틱스와 붙어서 시원하게 이긴 기억이 거의 없다. 그렇다고 이 팀에 스타플레이어가 즐비한 것도 아니다. 홈런을 노리는 영웅스윙이 아닌 살아나가는 것을 목표로 하는 끈질긴 타자들이 박찬호로서는 당혹스러울 수밖에 없었다. 그렇다. 『머니볼』은 우리의 국민 영웅 박찬호를 괴롭히던 오클랜드 애슬레틱스의 단장 빌리 빈이 어떻게 돈 없는 구단을 4년 연속 포스트 시즌으로 진출시켰는지 집중 조명한 좋은 야구 책이다.

'너클볼'이라는 구종이 있다. 공을 던지는 것이 아니라 민다고 해야 좀더 정확한 이 구종은 공기의 저항을 받지 않아서 춤을 추면서 날아간다. 문제는 던지는 투수뿐만 아니라 공을 받는 포수도 어디로 공이 갈지 모른다는 것. 그러니 타자는 오죽하겠는가. 느릿느릿하게 이리저리 비행하면서 날아가는 너클볼을 주로 던지는 R. A. 디키의 『어디서 공을 던지더라도』(팝프레스, 2013, 웨인 코피와 공저)는 감동적인 휴먼 드라마다. 마이너리그 생활을 하면서 잔소리해야 지출을 하는 남편이었고, 골프장 연못에서 골프공을 주워 생활비에 충당했다는 에피소드는 야구에 무관심한 이들에게도 감동을 주기에 충분하다.

“

수리하는 섹시한 남자 이야기

현관 등이 나간 지 3주쯤 지났다. 현관 등 문제는 명색이 남자인 내가 해결해야 할 텐데 솔직히 엄두가 나지 않는다. 일단 전구를 감싸고 있는 것이 날카로운 사각형 모양인데 만지다 보면 꼭 내 머리 위로 떨어질 것 같고, 전구를 빼거나 끼우는 도중에 220볼트의 전기가 내 온몸을 감싸올 것 같은 근거 없는 불안감 때문이다. 그간 아내는 자신의 '남편복 없음'을 때때로 한탄했다. 그런데 아내가 그렇게 한숨지을 만큼 내가 집 안 관리에 무능력하다고는 생각지 않는다. 나만도 못한 남자 어른이 있다는 이야기다. 몇 년 전 가까이 지내던 미국인 부부가 있었는데 이 양반들의 집에 갈 때마다 희한하다고 느꼈다. 이들 부부는 거실 등을 켜지 않았다. 주방이나 안방의 등을 켜고 그 빛에 의지한 채 우리는 차도 마시고 대화도 해야 했다.

확실히 서양인들은 분위기를 중요하게 생각해서 손님도 은은한 불빛 아래서 접대하는구나 싶어 내심 놀랐다. 반년쯤 지났을까. 그 집에 갔는데 놀랍게도 거실 등이 환하게 켜져 있었다. 남의 거실 등 상황에 대해서 이러쿵저러쿵할 이유는 없는 것 같아 말없이 커피를 마시는데 켄터키 주 출신의 그 집 부인이 아주 자랑스럽게 자신이 큰 업적을 이뤄냈노라고 말을 꺼냈다. 실은 거실 등이 반년 전부터 수명을 다했는데 무려 스틸Steele이라는 성씨를 가진 남편이 등을 교체할 줄을 몰라서 그 상태로 별 수 없이 지내왔고, 견디다 못한 자신이 전등을 사서 교체했다는 설명이었다. 그 일을 해냈더니 우리 '미스터 금속'이 자신을 경외하더라고.

집안일 잘하기로 소문난 서양 남자들의 실상도 이러할진대, 천장에서 빗물이 새어도 고매하게 책 읽기에 열중했다는 고조부의 후손인 내가 한낱 현관 등을 교체하지 않은 것이 무슨 큰 죄가 되느냐, 는 것은 어디까지나 나의 정신 승리에 지나지 않았다.

수리법, 꼭 체득해야 할 생존 기술

무더운 날씨에 아내가 나에게 시위라도 하듯이 신음 소리를 내가며 걸레질이다 뭐다 하면서 집안일을 하는데, 나는 서재에서 느긋하게 책이나 보려니 가시방석이 따로 없었다. 뭐라도 하긴 해야겠다는 압박이 온몸을 짓눌렀다. 썩 내키지는 않았지만, 우리 집의 오랜 숙원 사업인 현관 등을 갈아보기로 했다. 먼저 내가 전기 구이가 될 위험을 제거하기 위해 두꺼비집을 내렸다. 전등갓은 생각보다 무겁지도, 날카롭지도 않았다.

직관적인 구매자답게 이미 사망한 전구를 주머니에 넣고 전기 공구 가게를 찾았다. 똑같이 생긴 놈을 샀고 집으로 돌아와 무사히 전구를 교체하는 데 성공했다. 사실 사망한 전등 교체 사업은 연체된 카드 대금처럼 하루하루 압박을 더해간 터라 그 일을 성공적으로 해낸 내가 자랑스럽고 뿌듯했다. 아내의 존경스러워하는 눈빛을 뒤로하고 홀연히 집을 나와 김밥천국으로 향했다. 떡라면을 게걸스럽게 먹어치우고 자랑스럽게 다시 집으로 돌아와 불룩한 배를 어루만지며 인터넷 삼매경에 빠져들었다.

그런데 주방에서 달그락달그락거리면서 아내가 뭔가 열심히 하는 눈치였다. 날도 더운데 무슨 일을 저렇게 열심히 하는가 싶어 걱정을 하고 있는데 "밥 먹으러 와"란다. 갑자기 안 하던 남편 식사 시중을 왜 하필 이때 하느냔 말이다. 닭 모이를 줄 때 주인이 닭을 일삼아 부르지 않는다. 닭들이 알아서 모여들 뿐이다. 평소와 달리 친히 나를 부르는 것이 무한한 영광이었지만 나는 배가 꽉 찬 상태였다.

라면 국물까지 원샷으로 마셨기 때문이다. 그렇다고 떡라면을 먹어서 배부른데, 라고 말할 만큼의 간 큰 남편이 못 되어 주방으로 소환되었다. 무려 오징어덮밥이 웅장한 자태를 자랑하며 나를 기다리고 있었다. 큰일을 해낸 남편을 향한 충성심은 갸륵하다만 내 위는 폭발 일보 직전이었다.

사냥을 남자들이 전담했던 원시 시대에는 세밀한 가정사에 남자가 관여하지 않는 것이 자랑이었는지 모르겠으나, 엄연히 공동으로 사냥하는 요즘 시대에 그런 말을 했다가는 팔불출이 따로 없고 무능력한 남편의 표상으로 여겨지기에 십상이다. 지인이 근사한 캠핑카를 빌려준다고 해도 그 사용법에 대한 공포증 때문에 거절한 경험이 있다면 이제 자세를 바꾸어야 한다. 간단한 집 수리법은 꼭 체득해야 할 생존 기술이다.

이른바 집수리나 기기 문맹인 이 세상의 모든 남자에게 복음과도 같은 책이 있으니 『철천지의 누구나 할 수 있는 30분 집수리』(이비락, 2010)가 바로 그 주인공이다. 이 책을 쓴 김민석은 대기업의 엔지니어로 일하다가 집수리와 목공에 그리고 공구에 관심을 기울이게 되었고, 급기야 철물점을 개업한 사내다. 철물

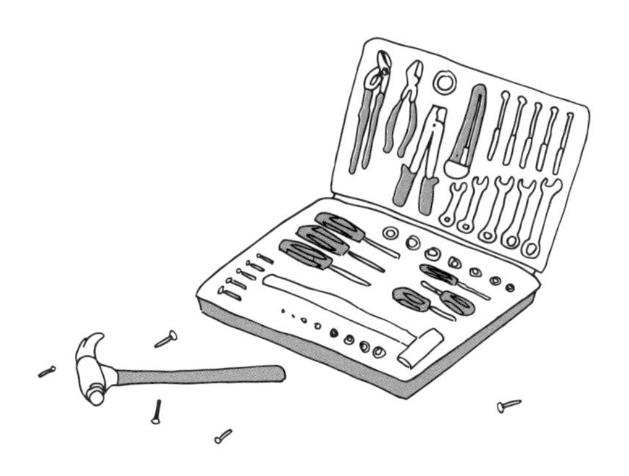

점을 운영했을 뿐만 아니라 철물점의 고객, 동호인 들과 함께 집 수리와 목공예 그리고 공구에 관한 홈페이지까지 개설했다.

집에 무슨 문제만 생기면 입버릇처럼 "사람 불러야지"만을 외치는 이 시대의 무능력 가장들에게는 슈퍼 히어로나 다름없는 그는, 고객들의 가정을 방문해서 수리한 경험을 바탕으로 누구나 간단히 할 수 있고, 사람을 부르기엔 모호한 사소한 집안일을 손수 해낼 수 있도록 돕기 위해 이 책을 썼다. 여자들이 기름만 넣으면 차는 10년이고 20년이고 알아서 굴러간다고 믿는다며 비웃는 남자들이여! 정작 당신네는 수도꼭지를 손수 교환한 적이 있는지? 세면기를 통째로 교체해본 적이 있는지? 사랑스러운 딸내미가 쓰는 방의 손잡이를 직접 교체해준 적이 있느냐 말이다.

요즘 시대의 상남자란 여자들에게 큰소리치며 가장의 권위만 외치는 사내가 아니다. 낡은 형광등을 반짝반짝한 형광등으로 통째 갈 수 있고, 자동차 상표만 줄줄 꿰는 것이 아니라 집수리에 쓰이는 다양한 공구쯤은 자유자재로 다룰 수 있어야 한다. 이 책은 위에서 언급한 사소한 집수리에서부터 다양한 공구의 사용법과 심지어 싫증을 잘 내는 여성을 위해서 베란다를 마루로 변신시켜 좀더 쾌적한 집을 만드는 방법까지 알려준다.

한국 남자들이 왜 그렇게 자동차에 열광하고, 튜닝에 열중하는지 아는가? 집안에서 서열이 애완동물에게 밀리는 불쌍한 이들에게 자기가 하자는 대로, 가자는 데로 순종하고 따르는 것이 자동차밖에 없기 때문이다. 그런데 이런 한국 남자들의 맹점은 자동차의 종류와 성능에는 해박하지만 정작 자신의 분신이자 애인이나 마찬가지인 자동차를 수리하는 방법은 잘 모른다는 데 있다.

수리는 막노동이 아니야

내 아내의 경우, 자동차 오일 교환이나 수리를 할 때 내가 나서지 않고 아내 혼자 정비소에 가게 했다는 사실만으로 자신에 대한 나의 애정이 결핍되어 있다며 투덜거린 적이 있다. 건실한 남편이나 존경받는 남편이 되려면 간단한 자동차 정비는 혼자서 해낼 수 있어야 한다. 와키모리 히로시가 쓴 『자동차 정비 교과서』(보누스, 2014)는 권할 만한 자동차 정비 책인데, 무엇보다 풍부한 사진 자료가 장점이다. 그러니까 정비 공장에서 바가지를 쓴 기억이 있다든지, 정비 공장에서 오일 교체 주기가 되었다는 문자가 오면 무슨 하늘의 지령인 양 그날 바로 정비 공장에 들러야 하는 심약한 사람들이 꼭 읽어야 한다.

자동차의 기본 원리와 각 부분에 대한 설명으로 시작하는 이 책은 정비 공장과 당당히 맞짱을 뜰 수 있는 객관적인 지식뿐만 아니라, 공장 직원들과 수리에 대해 협의할 수 있는 자신감을 제공해준다. 나만 해도 그렇다. 오일을 교체할 때 공식처럼 연료 필터도 교체하는데 이 책이 알려주는 실상은 이렇다. 오일의 교체 주기는 7,000킬로미터 정도이고 연료 필터의 교체 주기는 무려 3만 킬로미터다. 오일을 교체할 때 필터까지 매번 동시에 교체할 필요가 없다는 말이다.

이 책의 묘한 매력은 문제가 생겼을 때 대처 방안이나 기본 부품의 수리법뿐만 아니라 자동차를 업그레이드하는 요령까지 기술했다는 점이다. 내비게이션, 후방카메라, 블랙박스, 하이패스 단말기, 공기청정기 등을 별도로 장착할 때 어떤 점을 주의해야 하는지 소상한 방법론을 제공한다. '어떤 내비게이션이 좋을까요'라고 네이버에 물어볼 것이 아니라 이 책을 읽고 객관적인 지침을 얻기 바란다.

남자들이 자신이 살고 있는 집과 사용하는 물건을 수리하는 일이 결코 막노동이 아니고 인문학적 소양과 밀접히 연계되어 있다는 것을 깨우쳐주는 책이 있다. 로버트 메이너드 피어시그는 정신병원에 수용되어 전기충격 치료 요법까지 받은 피폐해진 인생이었다. 그랬던 그는 오토바이 여행을 통해서 자신의 인생을 정상 궤도에 올렸고 동양철학까지 전공하게 되었다. 체 게바라가 오토바이 여행을 통해서 인생의 중요한 방향성을 정했다면, 로버트 메이너드 피어시그는 오토바이 여행을 통해서 본연의 인간성을 회복했다.

로버트 메이너드 피어시그는 자신의 오토바이를 정비 기술자에게 맡겼다가 영혼이 없는 그들의 잘못된 수리 때문에 곤욕을 치렀고 자신의 장비를 정비 기술자에게 맡기기만 하는 행위는 '방관자'라고 여겼다. 그리하여 그는 '진정한 의미에서의 모터사이클 관리술'을 찾아 나섰고, 자가 수리를 하는 과정에서 인문학적 깨달음을 얻게 된다. 『선과 모터사이클 관리술』(문학과지성사, 2010)은 모터사이클 여행을 하면서 빈번히 처하는 고장 상황에서 아이작 뉴턴의 '중력의 법칙'이 등장하는, 전방위적인 인문서다. 또한 모터사이클 관리술이라는 지극히 형이하학적인 주제에 깊이 있는 철학적 사유를 더해 독자들을 안내하는 놀라운 소설이다. 모터사이클 관리 기술을 기반으로 한 좋은 문학 작품이기도 하지만 놀라운 통찰과 끊임없는 생각거리를 제공해주는 철학서이기도 하다는 출판사의 자평이 결코 허언이 아니다.

참, 최근 아날로그에 대한 향수가 하나의 유행이 되고 있는데 그 대표 중 하나로 만년필을 들 수 있겠다. 사용하기에 불편하고 다른 필기구에 비해서 비싼 만년필이 새삼 주목을 받는 것은 아날로그에 대한 향수와 만년필 특유의 필기감 때문이리라. 그러나 만년필이라는 필기구의 매력을 충분히 만끽하기 위해서는 '알아야 할 것'들이 있고 간단한 수리는 혼자서 할 수 있어야 한다는 전제가 따른다. 이 방면으로 유일하다시피 한 국내 저서가 『만년필입니다!』(엘빅미디어, 2013)이다. 이 책의 저자 박종진은 국내 최대 만년필 동호회 카페인 '펜후드'의 창시자이자 만년필 연구소장으로서 주말마다 수많은 만년필 애호가의 부탁을 받아 수리를 해주는 만년필계의 살아 있는 신화다. 만년필의 탄생과 진화에서 시작해 구매 요령을 거쳐 간단한 수리법까지 망라한 『만년필입니다!』는 만년필 애호가에게는 『동의보감』이나 다름없는 귀한 저작이기도 하다.

“

고기를 고찰하다

3일 만에 극적으로 아내와의 냉전을 종결했다. 구소련과 미국의 냉전이 결국 구소련의 붕괴로 마감됐듯이, 우리의 길었던 냉전은 아내의 자멸이 원인이 되어 끝이 났다. 그렇다고 내가 타인을 정신적으로 붕괴시킬 만한 역량을 가진 인물도 아니어서 이번의 쾌거는 나도 좀 의아스러웠다. 내 의도와는 전혀 다르게 아내가 단단히 오해를 했고, 그 오해는 불행하게도 아내에겐 굴욕적으로 내게 화친을 제의하는 계기가 되었다. 우선 아내가 화해 몸짓으로 마련한 아침 토스트부터 그녀의 의도를 비껴갔다.

불타는 금요일이랍시고 늦잠을 자는 바람에 토요일에 일어나 보니 오전 11시가 다 되어가고 있었다. 당연히 배가 고팠다. 일단 냉전 당사자가 가장 중요하게 생각해야 하는 '국제 정세'를 파악하기 위해 거실 소파에서 영혼 없는 눈초리로 텔레비전을 보았지만, 신이 인간에게 허락한 나의 모든 감각은 아내의 동태 파악에 주력하고 있었다. 토스트 따위에 배분할 눈길의 여유가 없었다.

아내는 토스트를 먹음직스럽게 접시에 담아 거실 탁자에서 냠냠 쩝쩝하면서 먹었다. 물끄러미 그 모습을 지켜보기만 했다. 적군에게 식량을 좀 빌려달라고 할 수는 없잖은가. 간절히 먹고 싶었지만 애써 무표정한 얼굴과 우수에 찬 분위기를 유지하고 있었다. 그 표정과 분위기 연출이라면 내가 좀 잘한다. 그런데 아내가 그 귀하디귀한 주말 아침의 토스트 두 조각을 남기더니 주방으로 가져가는 것이 아닌가. 곰곰이 생각해봤다. 아내는 평소 나의 '계획성 없는 상차림'을 경계했다. 가령 귤을 세 개 정도만 먹을 거면서 뭐하러 다섯 개 심지어 여섯 개를 담아 오느냐고 타박했던 사람이 아내다.

그렇게 계획성 있는 상차림을 중요시하는 아내가 토스트를 두 개씩이나 욕심 부려 차릴 가능성은 없다. 그렇다. 아내가 주방으로 가져간 토스트 두 개는 자신이 아닌 바로 나를 위해서 준비한 것이다. 나는 애써 모른 척했다. 아내가 보기엔 평소라면

환장하고 먹을 토스트를 내가 거들떠보지도 않는 기이한 현상으로 여겼을 터였다. 아내 입장에서는 화해 제의를 거절당했다는 생각이 들었을 텐데, 나는 혹시 저 토스트를 버리지는 않을까 노심초사해서 아내의 기분을 생각할 여유가 없었다.

먹을 것을 눈앞에 두고도 먹지 못한 것에 대한 안타까움을 달래기 위해 다시 서재로 돌아왔다. 잠시 책을 보고 있는데 친구에게 전화가 왔다. 테니스를 하잔다. 벌써 오후 1시가 넘은 시간이었다. 나는 이미 두 끼를 굶은 신세였다. 슬쩍 거실을 보니 마침 아내가 세탁실에 있는지 보이지 않는다. 냉큼 주방으로 달려 나가서 샌드위치 세 개를 집어 들고 다시 서재로 복귀했다. 도둑고양이가 왜 그토록 날쌔고 민첩한지를 알겠다. 너무 급해서 아내가 다시 들고 간 토스트 두 개의 행방을 확인하지도 못했다. 아내 몰래 급한 대로 샌드위치 세 조각을 해치운 나는 배를 더 채우기 위해서 홍삼 엑기스를 두 팩이나 마셨다. 그러고는 집을 나섰는데 아내 입장에서는 영락없이 두 끼를 굶고 분한 표정으로 집을 나서는 중년의 사내였으리라. 또 내가 어디를 가는지 궁금했겠지만 차마 묻지는 못했으리라.

오늘따라 테니스가 얼마나 잘되는지 코트를 마구 휘젓고 다니면서 상대편 코트를 맹폭했다. 앞으로 테니스를 하기 전에는 밥을 먹지 않고 꼭 일절 다른 재료가 가미되지도, 구워지지도 않은 샌드위치 세 조각과 홍삼 엑기스만 먹기로 했다. 테니스를 너무 과하게 했더니 매서운 추위에도 이마에 땀이 송골송골 맺혔다. 집에 돌아가기 전에 떡볶이 마니아인 친구와 함께 떡볶이 4인분을 먹었더니 땀이 더 흘렀다. 그러고 나서 집이기도 하고 전장이기도 한 곳에 복귀했는데, 아내의 시각에서 보면 자신과의 냉전 때문에 두 끼를 굶은 남편이 어딜 가서 무슨 방황을 했기에 땀은 흥건하고 먼지투성이인지 불가사의한 일이었겠다. 어쨌든 나는 운동을 격하게 했고 배를 가득 채운 터라 서재에서 잠시 숨을 돌린다는 게 깜빡 잠이 들고 말았다. 아내의 추측과 계산대로라면 나는 틀림없이 두 끼를 굶고 세 끼를 굶을 예정인 사내였다. 아내는 정말 순진하다. 나는 태어나서 지금까지 단 한 번도 두 끼를 굶은 적이 없었다.

서재의 소파에서 몸을 뒤척이는데 음식 장만하는 소리가 요란했다. 저 소리는 '당신을 위해서 음식을 장만하고 있으니 고만 싸움을 끝내고 굶어 죽기 전에 나와서 밥을 먹어라'라는 메시지였다. 나도 간절한 아내의 화친 제안을 받아들이고 싶었지만, 낮에 떡볶이를 과하게 먹어서 그런지 속이 더부룩해서 선뜻 나가기가 망설여졌다.

그런데 딸내미의 목소리가 들려온다. "아빠, 나와서 고기 먹어". 여기서 주목해야 할 것이 있다. 평소대로라면 "아빠, 나와

서 밥 먹어"이지 "고기 먹어"가 아니여야 했다. 왜 그냥 밥이 아니고 고기인가? 그만큼 아내가 하루를 쫄쫄 굶은 남편이 걱정되어 영양 보충을 하라고 특별히 고기를 준비했다는 말이고, 그만큼 화해를 하려는 의지가 강하다는 방증이었다. 그러니까 아내는 지금 '화해는 대박이다'라고 외치는 셈이었다.

이렇게 된 이상 더는 미룰 수가 없었다. 그냥 돼지고기도 아니고 집 앞 축협에서 산 야들야들한 소고기 5만 원어치가 나를 기다리고 있었다. 아내의 화해 제의를 받아주기로 했고, 나도 화해 모드를 극대화하고 아내의 제의를 기쁘게 받아들인다는 것을 증명하기 위해 소고기 5만 원어치, 밥 한 공기, 그리고 아내가 휘적거리면서 먹다 남긴 미역국마저 한숨에 들이켰다. 상대가 먹다 남긴 음식을 게걸스럽게 먹는 것이야말로 애정 표현의 최고봉이다. 내 배가 불러서 터질지언정 가정의 평화가 더 중요하지 않겠는가.

우리가 그토록 고기에 집착하는 이유

희한하게도 아내와 나는 고기를 그다지 좋아하지 않는다. 그런데도 아내는 나와의 화해 표시로 '고기를 굽는 것'을 주로 사용하고, 나도 그것을 아내가 내밀 수 있는 최고의 협상 카드로 받아들인다.

고기를 고급스러운 식사의 필수 조건으로 생각하거나, 가족이나 지인을 위한 최고의 대접으로 여기는 경우는 비단 우리 부부에게만 해당하지는 않는다. 뭔가 좋은 일이 생기거나 축하할 일이 생기면 우리는 소고기를 구워 먹지 않는가 말이다. 친척 중 누가 크게 다쳤다든가, 신세만 지고 오랫동안 찾지 않은 친지를 찾을 때 우리는 정육점에 들러 고기를 사 가지 않는가.

인류학자 마빈 해리스의 말대로 우리는 확실히 고기에 특별한 의미 부여를 해 이웃과 친지와의 유대 강화와 결속의 아이콘으로 삼는다. 아무리 화가 나고 분이 안 풀릴지라도 아내가 고기를 구우면 화해의 손길을 받아들이는 것은 내가 성격이 유해서가 아니라 고기라는 음식이 가지고 있는 이런 특별한 의미 때문이다.

한길사에 출간한 『음식문화의 수수께끼』(1992) 『문화의 수수께끼』(2000) 『식인과 제왕』(2000)을 흔히 마빈 해리스의 '문화 인류학 3부작'이라고 부른다. 마빈 해리스와 그의 문화 인류학 3부작을 설명하는 데에 긴말이 필요하진 않다. '고기를 왜 밝히는가?' '왜 암소가 숭배의 대상이 되었는가?' '낙타를 먹지 않는 이유' '양고기와 염소고기가 인기가 없는 이유' '벌레를 역겨워하는 사람들과 벌레를 먹는 사람들' '애완동물은 먹을 수 없는가?' '식인 풍습이 폐지된 이유' 따위의 몇 개 꼭지명만 살펴보아도 마빈 해리스가 어떻게 현실 세상과 괴리감이 큰 학문이라는 선입견이 있는 인류학을 친근하게 만들었는지 알 수 있으며, 그의 저작들이 왜 그토록 매력적인지 충분히 가늠하고도 남는다. 마빈 해리스에 따르면 세상의 그 어떤 종교도 신도들에게 고기는 입에도 되지 말라는 극단적인 채식주의를 강요하지 않으며, 심지어 힌두교도조차 극히 일부의 성직자 계급만 엄격한 채식주의를 실천할 뿐, 나머지 대다수의 힌두교도는 양고기, 염소고기, 닭고기 따위를 '맛있고 더 먹고 싶은' 것으로 생각하고 있다. 없어서 못 먹는다는 이야기다. 음식문화는 결국 그 사회의 생태와 밀접한 연관을 맺고 있으며, 우리가 그토록 고기에 집착하는 것은 높은 영양가 때문이라는 게 마빈 해리스의 생각이다.

부탄에 대한 좋고 나쁜 소식

물론 거의 인간의 본능에 가까운 '고기 사랑'을 애써 거부하는 사람들이 있다. 채식주의자라고 불리는 이들이다. 최근에 가장 '핫'했던 채식주의자로 한국을 대표하는 야구 선수인 추신수의 동료이자 텍사스 레인저스의 강타자 '프린스 필더'를 들 수 있다. 이 친구는 목 주위에 한글로 '왕자'라는 단어를 문신으로 새긴 것으로도 한국 야구 애호가에게 유명하다. 그의 산만 한 덩치로 봤을 때 미국인이면서도 한글로 문신을 새기는 숭고한 한글 사랑만큼이나 고기 사랑이 각별했음 직한데, 과감하게 채식주의를 선언해서 주위를 놀라게 했다.

프린스 필더는 우연히 도살의 잔인함과 비위생성을 고발하는 다큐멘터리를 보고 채식주의자가 되기로 한 것이다. 안타깝게도 그의 결단은 오래가지 못했지만 사실 많은 사람이 프린스 필더와 같은 이유로 채식주의자가 되기로 한다. 반면 대다수의 사람은 잔인한 도살은 애써 외면한다. 동물들에게는 좀 미안하지만 어쩔 수 없는 일이 아닌가, 라고들 생각한다.

다큐멘터리 작가이자 소설가이기도 한 김경희 씨가 쓴 부탄 여행기 『마음을 멈추고 부탄을 걷다』(공명, 2015)는 육식과 채식을 고민하는 사람에게 일종의 해답을 주고 있다. 저자가 보고 온 부탄은 누구나 행복한 사람이 되는 곳이기도 하지만, 동물까지도 행복해야 한다고 믿고 그 지론을 실천하는 지구 위의 유일한 나라다.

부탄에서는 성직자가 아닌 보통 사람들도 자신을 성가시게 하는 파리조차 죽이기는커녕 쫓아내지도 않는다. 더구나 소와 같은 가축은 사람처럼 늙어서 편안하게 죽음을 맞이한다. 부탄에서는 고기를 먹기 위해서 동물을 도살하는 것은 상상하기 어렵다. 부탄 주민의 대다수는 백퍼센트 유기농으로 재배한 채소를 먹는다. 적어도 부탄에서는 토라진 남편을 달래기 위해서 아내가 소고기를 굽는 장면은 있을 수가 없다는 이야기다.

길지 않은 부탄 여행이었지만 김경희 씨는 『마음을 멈추고 부탄을 걷다』를 통해서 부탄의 다양한 사회 현상을 통찰하고 있는데, 그중 하나가 부탄은 모든 가정사에서 아내의 의사 결정권이 강하고 여성이 이혼을 당하는 것이 아니라 이혼을 당당히 요구하는 경우가 많다고 한다. 마지막으로 부탄에 관심이 있는 여성들에게 좋은 소식과 나쁜 소식이 하나 있다. 좋은 소식은 부탄에서는 주로 남편이 요리를 전담한다는 것이며, 나쁜 소식은 부탄 사람들은 외국인과의 결혼이 법으로 금지되어 있다는 것이다.

“

생활명품 이야기

아내는 공정성을 무엇보다 중요시하는 사람이다. 가장의 취미 생활이나 습성을 존중하되 그것으로 인해서 가정을 소홀히 하는 경우에는 가차 없이 엄벌에 처한다. '짱 크리너' 사건만 해도 그렇다. 짱 크리너는 노트북을 청소한답시고 분무기형 크리너를 과도하게 사용했다가 졸지에 키보드가 침수되어버린 어이없는 일을 당한 내가 야심차게 도입한 물티슈형 클리너다. 분무기형은 액체가 고여서 작은 시냇물이 되고 키보드로 흘러가서 침수를 일으키는 단점이 있는데, 짱 크리너는 그런 부작용 없이 손쉽게 노트북을 청소할 수 있는 놀라운 문명의 이기다.

그날 밤 2014년에 생산된 노트북을 '1972년에 시골집에서 사용하던 라디오'처럼 다루는 아내가 액정에 지문을 난사했고, 식겁한 내가 짱 크리너를 소환해 청소를 하자 버럭 화를 냈다. 집 안 청소는 나 몰라라 하는 인간이 어떻게 '지가 아끼는 물건'에는 '전용 청소용품'을 장만할 정도로 지극정성이냐는 말이다. 방금 전까지 내 IT 생활의 영원한 동반자로서 총애받던 짱 크리너는 졸지에 미운 오리새끼로 전락했고, 구석 자리로 내팽겨쳐졌다.

그러니까 나는 짱 크리너를 구입하기 전에 홈쇼핑에 나왔던, 백화점에만 진열된다는 그 '어마무시'한 진공청소기에 대해 아내와 심도 있게 의견을 교환해야 했고, 우리 집의 청결과 아내 허리의 무탈함을 위해서 내 서재의 총아를 팔아서라도 그 진공청소기를 구입하자고 아내에게 청원했어야 했다. 그리고 배송이 되자마자 사용설명서를 숙독한 다음 아내에게 사용법에 대한 연수를 해주면서 폼 나게 집 안을 청소해야만 했다. 그런데 나는 어릴 적 〈뽀뽀뽀〉의 뽀미 언니였던 왕영은 씨가 숨넘어갈 정도의 간절한 목소리로 그 대단한 청소기를 선전할 때, 아내에게 〈무한도전〉을 봐야겠으니 채널을 넘기라고 했다. 그러니 아내의 분노가 충분히 이해가 된다.

무엇에 쓰는 물건인고

나는 오직 경험을 통해서만 배우는 바보이지만 어쩔 도리가 없다. 경험으로라도 배워야 할 것 아닌가. 오늘 늦잠을 자고 일어나서 밥을 먹고, 귤 세 개를 간식으로 챙긴 다음 느긋하게 커피를 마시면서 인터넷 삼매경에 빠져들었다. 가장이 늦게 일어나서 딸아이의 밥을 챙기지 않고 제 살길만 챙겼으니 아내의 '공정성 법칙'에 위배된다. 다행히 아내의 공정성 법칙에 부응할 기회가 생겼는데 아내가 산책을 나간 틈을 이용했다. 나는 음지에서 가족을 위해 봉사하려는 사람이지, 아내가 보는 앞에서 표를 내는 사람은 아니다. 일단 아내가 가장 싫어하는 업무, 즉 빨래 건조대를 정리한다. 이제 중학교 2학년이 된 딸아이의 덩치가 웬만해져서 솔직히 아내와 딸의 옷을 구분하기가 만만찮다. 심지어 그네들은 옷을 공유하기까지 하니 오죽하겠는가. 아내는 엄격한 완벽주의자여서 내가 어설프게 집안일을 하는 것을 용서하지 않는다. 겉옷과 속옷을 분류하기 위해 딸아이의 자문을 구해서 정확하게 각자의 옷방에 정리했다.

뿌듯한 마음으로 욕실에 들어갔는데 그 청결도가 아내가 요구하는 엄격한 기준에 미달된다는 결론을 내리고, 변기를 청소하기로 했다. 마침 변기를 청소하기에 무척 편리하게 보이는 '긴 솔'도 보이길래 세정제를 뿌리고 예의 그 솔로 문질러서 깔끔하게 청소를 마쳤다. 아내가 집을 비운 사이 내가 이뤄낸 공적을 자찬하면서 서재에 복귀했는데 갑자기 '쎄한' 기운이 엄습했다. 내가 변기를 청소한 그 '솔' 말이다. 편리해서 잘 사용하긴 했는데 뭔가 미심쩍었다. 변기를 청소하는 용도라면 변기 옆에 있어야지 왜 수건, 샤워 용품과 함께 걸쳐져 있는 것일까. 아내의 물건 중에는 종종 내가 생각해왔던 정형화된 이미지를 뛰어넘는 디자인이 허다하다. 내가 보기엔 딱 변기를 청소하기 좋은 모양인데, 혹시 저 물건이 아내의 등을 밀어주는 샤워 도구는 아닌지 불길한 예감이 들었다.

백척간두의 순간이었다. 만약 아내에게 "저 럭셔리하게 생긴 긴 솔이 혹시 변기 청소하는 거야?"라고 지나가는 식으로 물어본다면 그 솔로 변기 청소를 했다는 것을 자백하는 것이나 다름없고, 이 사건은 향후 10년 이상 나의 권위를 실추시키고 집안일에 대한 무지를 증빙하는 자료로 활용될 것이 분명했다. 일단 긴 솔의 원래 용도를 파악하는 것이 시급했다. 급하게 그 물건의 사진을 찍어서 두어 명의 여자에게 '정체'를 물어봤다. 답은 금방 나왔다. 그 물건은 변기를 청소하는 솔이 아니고 무려 여자들이 샤워할 때 사용하는 솔이라는 것이다. 새삼 그 물건을 자세히 살펴보았다. 과연 변기 청소용이라기에는 지나치게 고급스러웠다. 상아색에 수려한 디자인에다 솔은 부드럽기 그지없었다. 더구나 무게가 너무 가볍지도 무겁지도 않아서 사용하기에 굉장히 편리했다. 과연 때밀이용 수건에 비할 바가 아니었다.

좋은 물건은 애정과 관심으로 사는 것

아내가 애용하는 샤워용 솔은 때밀이 용품 업계의 명품이라고 해도 틀린 말은 아니다. 명품이라고 하면 돈이 많은 사람의 사치라고 생각하는 경향이 적지 않지만, 확실히 명품은 수려한 디자인과 그 물건 본연의 용도를 최대한 발휘하게끔 만들어진 것이 분명하다. 『윤광준의 생활명품』(을유문화사, 2008)은 우리나라에서 명품에 관한 책으로는 가장 윗길에 있다. 저자 윤광준은 유명한 사진가이면서 생활명품에 관한 글로도 잘 알려진 사람이다.

윤광준이 추구하고 사랑하는 명품은 일반인이 감히 쳐다보지도 못하는 값비싼 것들이 아니다. 책 제목처럼 연필, 배낭, 가스버너, 전기장판 등 생활 속에서 자주 쓰이는 사소한 물건이 대부분이다. 내가 다닌 대학은 캠퍼스가 넓기로 소문난 곳인데, 바람이 유난히 많이 부는 곳이었다. 더구나 비행장이 근처라서 엄청난 소음이 자주 발생하는 곳이기도 했다. 대학 시절 애연가 친구들이 늘 불평했던 것이 '담뱃불 붙이기의 어려움'이었다. 바람이 너

무 세게 불어서 평범한 라이터로는 담뱃불 붙이기가 어려울 때가 많았다. 바람이 심하게 불 때면 친구 서너 명이 옹기종기 모여서 '무풍지대'를 만든 다음 불을 붙여야 했다. 담배 하나를 피우는 데도 동료의 협조가 필요했으니 그 불편함이 오죽했겠는가.

그런데 저 멀리서 궁색하게 담뱃불을 겨우 붙이는 우리를 비웃는 친구가 있었으니, 그는 바로 지포라이터를 소유하고 있었던 것. 우리가 초롱불 같은 라이터로 겨우 담뱃불을 붙일 때 그는 위풍당당하게 매서운 바람을 가볍게 비웃고 지포라이터를 꺼냈던 것이다. 제2차 세계대전 당시에 군대에 납품되기도 했던 지포라이터는 어지간한 악조건 따위는 이겨내고 흡연자의 욕구를 충족시켜주는 충견과도 같은 물건이다.

호주에서 잡힌 물고기 위 속에서 지포라이터가 발견된 적이 있었는데 단 한 번 만에 불이 켜지더라는 에피소드는, 지포라이터가 얼마나 내구성이 뛰어난지를 잘 말해준다. 『윤광준의 생활

명품』에 등장하는 생활명품은 대부분 내구성이 뛰어나고, 어떤 악조건 속에서도 본연의 기능을 수행해내는 든든한 경호원과도 같은, 일상 속의 평범한 물건들이다. 관리하고 사용하는 데 다소 신경을 써야 하고 수고가 필요하더라도, 윤광준이 사랑하는 생활명품은 불편함을 감내하게 하는 매력이 넘치는 물건들이기도 하다.

가령 '카메라 백의 최고 명품'이라는 찬사를 받는 '빌링햄'이 그렇다. 수많은 카메라 백 브랜드 가운데 가장 압도적인 품질을 인정받는 것이 빌링햄이다. 한 번이라도 써본 사용자들은 잘 알지만 고가의 카메라를 넣은 빌링햄은 설사 코끼리가 툭 차더라도 내용물이 전혀 다치지 않을 것 같은 견고함과 안정감이 매력적이다. 주로 카키색의 클래식하면서도 심플한 디자인이지만 카메라 백으로서의 본연의 기능에 충실한 설계는 사용자들을 흡족하게 만든다. 말하자면 카메라 백의 '버버리 코트'라고 보면 되겠다. 명품 카메라 백이라고는 하지만 여자들의 명품 핸드백의 가격과는 비교도 되지 않을 만큼 가격도 합리적이다. 그러나 빌링햄이라고 단점이 없는 것이 아니다. 빌링햄의 유일한 단점은 무겁다는 것이다. 빌링햄을 사용한다는 것은 어깨와 장비의 안전을 맞바꾸는 일이다.

야나기 무네요시가 쓴 『수집이야기』(산처럼, 2008) 또한 평범한 사람들이 일상생활 속에서 사용하는 물건들을 아끼고 사랑하며 수집한 이야기를 다룬다. 야나기 무네요시 또한 좋은 물건을 알아보는 안목이 남다르고, 글을 참 맛깔나게 잘 쓴다는 면에서 윤광준과 공통점이 있다. 『수집이야기』는 어떤 물건에 집착해서 수집을 하는 사람에게 큰 위안을 준다. 빚을 내서 탐이 나는 물건을 사 모은다거나, 다른 쪽은 보지 못하고 오로지 자신이 갖고 싶은 물건만 보고 돌진하는 모습을 굳이 어리석다고 폄하할 필요가 없다고 주장하기 때문이다. 용감하게도 물건에 대한 집착으로 생기는 경제적인 궁핍이야말로 수집의 묘미라고 주장할 정도니까.

야나기 무네요시의 주장이 아주 틀리지도 않은 것이 확실히 사람은 어떤 분야에 몰입하다 보면 나머지 근심 걱정은 잊게 되는 경우가 많다. 그렇다고 좋은 물건을 구하기 위해서 무한정 지갑을 열라는 것도 아니다. 야나기 무네요시의 수집 철학은 사소한 물건이라도 애정과 관심을 가지고 바라보면 명품을 구별해 낼 수 있으니, 좋은 물건은 돈이 아니라 애정과 관심으로 사라는 것이다.

"

품위 있게 사는 법, 품위 있게 죽는 법

아내가 서재를 방문했다. 아내의 시각으로 보면 내가 주로 서식하는 서재는 야만의 땅이며, 웬만해서는 접근하지 말아야 할 오염 지대임이 분명하다. 삼면을 가득 채운 책에 쌓인 먼지도 그렇거니와 눈에 띄는 큰 흠이 없으면 깨끗한 상태라고 생각하고 청소할 생각이 없는 서재 주인인 나의 위생 관념도 아내의 입장에서는 기함할 일이다. 그런 야만의 땅에서 주로 생활하는 나를 보기 위해서 아내가 친히 서재의 문을 열었다는 자체가 희귀한 일이라서 뭔가 중요한 용무가 있으리라고 단단히 마음의 준비를 했다. 기억력이 좋지 않은 나지만 워낙 긴장한 상태라 아내와의 대화 내용을 생생히 옮겨 적을 수 있다.

세련되게 쌀포대를 옮기는 법

"내일 먹을 쌀이 없어." "마트 가잔 말이지?" 일단 내가 뭔가 잘못하지는 않았다는 게 확인되었으니 마트에 가는 수고 따위가 주저되지 않아서 즐거운 마음이 되었다. 아내는 특유의 시크한 표정을 지으며 말했다. "당신이 알아서 판단해." "나랑 같이 손잡고 마트 가잔 말이지?" 긴장이 풀려서 장난기가 발동했다. 그러자 아내가 "그러든가 말든가"라고 한다. 여전히 시크하다. "그래, 나랑 같이 손잡고 마트 가잔 말이지?" 기어코 아내에게서 내가 원하는 답을 듣고 싶은 오기가 생긴다. "나 지금 우리 집 앞 마트 갈 거야." 그래도 아내는 나를 무시한다. 나는 포기하지 못하겠다. "그래, 나랑 같이 마트 가고 싶다는 거지?" 내가 좀 집요하다.

아내는 묵묵부답. 한심하다는 듯이 나의 장난을 결국 무시한다. 어쨌든 평행선을 걷는 우리의 대화는 마무리되었고, 집 앞 마트를 걸어서 찾았다. 물론 우리는 손을 잡고 나란히 걷지 않았다. 우선 쌀이 급하다길래 20킬로그램짜리를 골랐다. 아내가 중

요하게 생각하는 현안을 해결해야 내가 원하는 주전부리를 사는 데 무리가 없다는 것쯤은 나도 이제 터득했다. 카트를 끌고 내가 좋아하는 간식거리를 거침없이 쇼핑했다. 희한하게 오늘따라 통조림이 눈에 들어와서 이것저것 카트에 담는데 아내가 헐레벌떡 손사래를 치면서 내게 달려왔다. 꼼꼼한 아내는 내가 무계획적이고 충동적으로, 게다가 건강에도 별로 좋지 않은 먹거리를 마구 사는 게 맘에 들지 않았을 터였다. 그러고 보니 내가 생각 없이 물건을 너무 많이 산 것 같기도 했다. 이제 겨우 고등학교에 입학하게 될 딸아이가 덜컥 서울에 있는 대학에라도 가면 집을 장만해줘야 하니 돈을 아껴야 한다는 아내의 말이 생각났다.

한 푼이라도 아껴야 할 처지에 돈을 펑펑 쓰려고 한 내가 부끄러웠다. 아내의 그 어떠한 꾸지람도 달게 받을 마음의 준비를 하고 기다리는데 아내가 가쁜 숨을 들이켜면서 이런다. "아니,

당신은 생각도 없이 이런 무거운 것을 함부로 사면 어떡해? 당신이 쌀을 들고 가고 카트에 든 것은 내가 들고 가야 한단 말이야." 그렇다. 아마도 나는 죽을 때까지 아내의 의도나 생각을 예측하지 못할 것 같다.

쇼핑을 마치고 나는 쌀포대를 어릴 적 시골에서 하던 버릇대로 어깨에 짊어지고 집으로 향했다. 그런데 아내가 또 한심하다는 듯이 혀를 찬다. 촌놈처럼 그게 뭐냐는 거다. "쌀을 좀 품위 있게" 들 수 없느냐고 한다. 여러모로 아내는 참 까다로운 여자다. 어쨌든 시키는 대로 쌀포대를 어깨에서 내려 최대한 품위 있게 운반했다. 대학교수가 강의록을 옆구리에 끼고 걷는 것처럼 쌀포대를 든 것이다. 내가 생각해낸 가장 품위 있게 쌀포대를 옮기는 방법이었다. 마트에서 산 쌀자루를 운반하는 데도 품격과 품위를 생각하는 것이 비단 내 아내뿐은 아닐 것이다. 사소한 일에 서로 품위를 먼저 생각하는 인간이 하물며 인생을 마무리하는 '죽음'의 품격을 원하는 것은 당연지사다.

내가 입대했던 겨울이 생각난다. 펑펑 내리는 하얀 눈을 맞으며 고향을 떠났다. 12월 22일, 그러니까 입대 전날, 논산훈련소에서 가까운 대전역 앞 여관에서 잠을 잤더랬다. 입대 전날이니 목욕재계를 하기로 했다. 욕탕에 뜨거운 물을 가득 받아서 전신욕을 즐기는데 갑자기 가슴이 답답하고 숨 쉬기가 힘들어졌다.

무슨 일인지 모를 일이었다. 이러다간 죽을 것 같아서 맨몸으로 뛰어나가 창문을 열고 찬바람을 한참이나 쐬었더니 겨우 숨을 쉴 수 있었다. 지금 생각해도 아찔하다. 입대를 앞둔 한 촌놈이 여관에서 변사체 그것도 나체로 발견될 뻔했다니 말이다. 언제 다시 떠올려도 참 아찔한 순간인데 곰곰이 생각해보니 그렇다. 죽는 것도 죽는 것이지만 '타향의 여관에서 나체의 변사체'로 발견될 수 있었다는 것이 더 끔찍한 일로 기억된다. 가십성 기사로 '성탄절을 앞두고 입대하는 자신의 처지를 비관했던 농촌 총각의 비극'으로 묘사될 수도 있지 않았을까 해서 말이다.

웰다잉을 위한 두 권의 책

예전에 김훈의 「화장」이라는 소설을 읽다가 특별히 기억할 만한 구절을 발견했다. 뇌종양을 앓다가 세상을 떠난 아내의 시신을 수습하는데 아내가 자기 죽음을 예감하고 '깨끗한 속옷'으로 갈아입었더라는 것이다. 그렇다. 인간은 나이가 웬만큼 들면, 죽음의 품격을 생각하고 죽음 이후의 상황을 고려한다. 품위 있는 죽음에 대한 관심과 요구 때문에 결국 2016년 1월 '웰다잉법'(무의미한 연명 치료를 환자 본인의 의지로 중단할 수 있는 법)이 국회에서 통과되었지만, 사실 옛적부터 인간은 품격 있는 죽음을 늘 갈구해왔다. '때깔 좋은 귀신'이 되길 갈구한 것은 굶주림을 해결하고 싶은 욕망뿐만 아니라 '웰다잉'에 대한 욕심도 섞여 있으리라.

품위 있는 죽음에 대한 관심과 욕구는 마침내 '잘 죽을 걱정'을 '죽음학'의 차원으로 변모시켰는데, 이와 관련된 저서는 생각만큼 많지 않다. 이 방면에서 고전의 반열에 오른 책은 단연 『티벳 사자의 서』(파드마삼바바 지음, 정신세계사, 1995)다. 영적 생활과 정신수양에 관한 책을 많이 내는 '정신세계사'와 '류시화' 번역의 합작품이다. 죽음에 대해서 진지하게 성찰할 때 습관적으로 연상되는 책인데, 죽은 이에게 들려주는 티베트의 경전이다.

말하자면 『티벳 사자의 서』는 숨을 거둔 사람이 올바른 사후세계로 갈 수 있도록 들려주는 노래다. 이 노래를 한 번 사자에게 들려주는 것만으로도 열반의 세계로 들어선다는 이야기로서, 이 경전의 근본적인 취지는 '죽음에 대한 긍정적인 준비와 대비'에 있다. 천국이 아니면 지옥이라는 양극단의 갈림길에 서 있다든지, 죽으면 모든 것이 끝이라는, 인간은 단지 생물의 한 종에 지나지 않는다는 생각과는 확실히 다른 관념이다. 사후 세계에 대한 막연한 기대나 절망이 아닌 차근차근 죽음을 준비하는 과정과 절차 그리고 방법을 이야기하는 것이 『티벳 사자의 서』의 존재 이유이며 가장 큰 업적이다. 그러나 사자를 위한 문학의 최고봉이라는 명성 때문에 추천을 많이 하긴 하지만, 이해하기 쉬운 책이 아니므로 읽기 전 미리 마음의 준비를 해야 한다.

죽음에 관한 실질적이고 편안한 준비와 성찰을 하고 싶은데 『티벳 사자의 서』가 너무 어렵게 느껴진다면, 시니의 『죽음에 관하여』(시니 글·혀노 그림, 영컴, 2013)를 권한다. 『죽음에 관하여』는 원래 웹툰으로 연재된 만화였다. 연재되는 동안 이 만화는 가히 폭발적인 인기를 누렸고, 그 여세로 단행본으로 출간된 작품이다. 만화라는 장르의 특성상 일단 난해한 사상이나 이론을 다루지는 않고 우리 아버지, 어머니 그리고 이웃들의 다양한 죽음을 에피소드 형식으로 편안하게 그리고 있다.

매회 다양한 소재의 죽음을 소개하고 죽은 자가 신을 만나서 이런저런 소회와 추억을 나누는 줄거리라 읽기에 어려움이 전혀 없다. 그저 저승으로 안내하는 신(이 만화에 등장하는 신은 전설의 고향에 나왔던 저승사자의 무서운 모습이 아니고, 실생활 속에서 언제라도 볼 수 있는 편안한 차림을 하고 있다)을 만나 이런저런 불평도 하고, 추억도 하고, 하소연도 하면서 저승으로 향하는 과정을 그린다. 진솔하다는 표현이 이 만화만큼 잘 어울리는 경우도 찾기 어려울 것 같다.

한 할머니는 신에게 왜 자신의 인생이 그렇게 불행했냐고 한탄을 한다. 남편과 사별하고 고생만 하다가 홀로 산 자신의 생을 비관한 것이다. 그러나 멋진 양복 차림으로 먼저 저승에 갔던 젊은 시절의 남편이 할머니를 마중 와 "그간 심심했었다"며 반기면서 정겹게 저승으로 업고 가는 장면 등은 눈시울을 적시게 한다.

어디 그뿐인가. 한 소방관의 사연은 더욱 감동적이다. 죽기 10년 전 화재 현장으로 출동하고 마지막 한 사람까지 구하기 위해서 최선을 다한다. 그런데 저 멀리 아이인지 물건인지 명확하지 않은 물체가 보였고, 주인공은 망설이다가 끝내 동료들의 강권으로 화상을 입은 채 현장을 빠져나온다. 이 소방관은 결국 10년 뒤에 직장 동료를 구하려다 목숨을 잃었고 저승으로 향했다. 그곳에서 그는 지난 10년 동안 가장 궁금했고 고통스러운 질문을 던졌다. 그때 그 화재 현장에서 자기가 본 물체가 사람이었는지 물건이었는지 물었고, 신은 그에게 '사람이 아니고 물건이었다'라고 답한다. 마음의 짐을 인제야 내려놓은 주인공은 펑펑 울면서 천국으로 향했다.

그러나 그 순간 신의 손을 잡고 있는 한 아이가 있었다. 10년 전에 주인공이 물건인지 사람인지 판단을 못 했던 아이였다. 그 아이는 자신을 구하지 않은 소방관을 그때까지 원망하다가 이제 겨우 그를 용서하게 되었다.

“

오해, 그 사건의 전모

저녁상을 물리고 오랜만에 거실 텔레비전 앞에 앉았다. 아내가 평소 즐겨보는 드라마를 보는데 역시 재미나다. 책은 내가 골라주지만 드라마는 아내의 영역이며, 그 양반이 자주 보는 드라마는 틀림없이 재미있다. 딸아이가 넋을 잃고 드라마를 보는 나더러 “그게 그렇게 재미있어?”라고 묻길래 “당연하지”라고 대답했다. 딸아이는 “아빠도 늙었군”이라는 진단을 내리더니 “남자는 나이가 먹어갈수록 여성 호르몬이 증가해서 드라마를 점점 좋아하게 된다”라는 근거까지 제시했다.

아직 청춘이라고 고집하기 위해 재미난 것을 포기할 수는 없잖은가. 딸아이의 독설에도 아랑곳하지 않고 열심히 보고 있는데, 그 드라마의 원주인인 아내가 내 옆에 다소곳이 앉는다. 그러고 보니 거실 소파에 우리 둘이 앉아 드라마를 보는 것도 오랜만이었다. 아내의 애정은 딸아이에게로, 딸아이의 존경심은 아내에게로 방향을 튼 지 오래되어서 그네들은 늘 둘이 껌딱지처럼 붙어 지내고, 나는 변방의 오랑캐로 지내오던 터였다.

오랜만에 나란히 앉아 드라마를 함께 보며 무려 30분간 시국을 논했는데 의견 충돌이 없었다. 경이로운 일이었다. 묘한 행복감을 느꼈다. 중년의 가장 중요한 특징 중 하나인데, 드라마를 보면서 등장인물과 일체감을 느낀 나머지 한숨과 탄성을 자아내며 혼잣말도 했다. 그런 나를 아내는 지긋이 보기만 한다. 일상의 행복감을 은근히 느끼면서 화장실에 가려는 것을 참기까지 했다. 부부라는 것이 늘 곁에 함께 있는 것 아니겠는가. 평화롭게 나란히 앉아서 도란도란 대화를 나누는 것이 부부 생활의 소소한 즐거움이기도 하다. 이 평화로운 분위기에 도취한 나머지 여기서 내가 자리를 뜨면 마치 아내를 버리고 어디로 떠난다는 느낌마저 들 것 같았다.

그래서 냉장고에서 포도를 꺼내 먹는 것도, 화장실 볼일도 참았는데 시간이 흐를수록 인내의 한계점에 가까워졌다. 결국 애써 아쉬움을 달래며 소파에서 일어났다. 그런데 아내가 최근 몇 년 동안 보지 못했던 따뜻한 미소를 내게 지어주는 것이 아닌가. 그 살인미소에 대해 이렇다 저렇다 분석할 시간도 없이 아내는 마치 거센 바람에 넘어지는 허수아비처럼 옆으로 쓰러지듯 일자로 눕는다. 동시에 혼잣말인지 내게 하는 말인지 알 수 없지만 작은 한숨을 쉬면서 "흐흐, 당신이 언제 소파에서 일어나는지 궁금했어"라고 내뱉었다. 내가 아내와 소파에 나란히 앉아서 행복함을 느끼는 동안 아내의 머릿속엔 온통 '소파에 일자로 눕고 싶은데 저 인간 때문에 누울 수가 없잖아'라는 생각만 가득했던 것이다.

동상이몽의 날카로운 추억

저녁을 적게 먹었는지 아내가 제과점에 빵을 사러 가자고 보챘다. 딸에게 하는 말인지 나에게 하는 말인지는 정확하지 않지만, 아내는 이어서 이렇게 말했다. "데리고 다니면서 좀 가르쳐야지." 과연 적절한 말이다. 아버지이기도 하고 영어 선생이기도 한 나는 딸아이에게 알파벳 하나 가르친 게 없다. 거의 5년째 과외 선생에게 영어를 배우고 있었다.

농부였던 내 아버지께서는 거창하게 어려운 말로 장황하게

나에게 뭘 가르쳐주지 않으셨다. 그렇다고 다정다감하게 자식에 대한 극진한 사랑을 표현하지도 않으셨다. 대신 잠든 나의 손을 밤새도록 꼭 잡아주셔서 나에게 아버지의 사랑을 충분히 느끼게 하셨고, 종종 내가 잠자리나 개구리를 죽이는 것을 보시면 "그러면 못쓴다"라는 한마디로 '생명 존중 교육'이 뭔지 오롯이 보여주셨다. 애틋하게 딸에게 부모의 사랑을 느끼게 하지도, 영어를 가르치지도, 삶의 지혜를 가르치지도 않은 나를 반성하면서 비록 지척이지만 딸아이와 외출을 하면서 뭔가를 가르쳐야 하지 않겠느냐는 자각에 이르렀다. 생각이 여기까지 이르자 망설임 없이 외투를 집어 들려는 찰나에 아내의 낮은 음성이 들린다. "우리가 아빠한테 무슨 심부름을 시킬 때마다 제대로 하는 경우가 잘 없잖아. 그러니까 네가 아빠를 데리고 가서 우리가 무슨 빵을 좋아하고 싫어하는지 가르쳐야지."

이 두 에피소드의 공통점을 눈치채지 못할 사람은 없을 것이다. 같은 상황에서 각자 다른 생각을 하는 '동상이몽'이다. 대화가 충분하지 못해서 생긴 '양쪽의 오해'라고 볼 수도 있는데, 종종 사람과 사람 그리고 조직과 조직은 사소한 오해 때문에 큰 불상사나 불행을 맛보기도 한다는 것을 우리는 역사와 영화 등을 통해서 충분히 알고 있다. 생각해보라. 영화나 드라마에서 주인공들의 엇갈린 운명은 아주 사소한 오해에서 시작되는 경우가 많지 않은가.

상대방의 행동을 자기 혼자만의 생각과 추측만으로 판단하는 것만큼 위험한 상황도 드물고, 그만큼 드라마나 영화에서 중요한 이야기 전개의 장치로 삼는 경우가 많다. 이윤기의 소설 『하늘의 문』(열린책들, 1994)만 해도 그렇다. 만약 1980년대 스타일대로 연애편지를 쓴다면 『하늘의 문』은 그야말로 보물섬이나 다름없다. 유명한 문구나 멋진 구절을 편지의 곳곳에 인용하는 그런 연애편지 말이다. 과연 이윤기는 언어의 연금술사라는 별명이 잘 어울린다. 또 하나 『하늘의 문』이 적지 않은 주목을 받은 것은 높지 않은 문학적 완성도에도 불구하고 번역가가 아닌 소설가 이윤기의 모든 역량과 경험 그리고 가치관이 집대성되었기 때문이라고 말하는 사람도 있다.

그런데 나의 경우는 좀 다른 이유로 이 책을 무척 아낀다. 우선 헌책 및 희귀본 수집가로서 이 소설이 2012년에 재출간되기 전까지 1994년에 나온 초판본이 희귀본의 반열에 올랐기 때문이다. 이 책은 내게 반드시 구해야 한다는 도전 의식과 마침내 3년 만에 손에 넣음으로써 성취감을 맛보게 해주었다. 희귀본 수집가들도 엄연히 '손맛'이라는 게 있는데, 『하늘의 문』을 기어이 낚았을 때의 손맛을 십수 년이 지난 지금도 잊지 못한다.

웬만해서는 같은 책을 두 번 이상 읽지 않는 내가 이 책은 세 번씩이나 완독했다. 가장 좋아했던 부분은 '미친개' 이야기다. 『하늘의 문』의 미친개 이야기를 통해서 나는 중요한 인생철학 하나를 체득했다. 중요한 순간에 나의 입장에서가 아닌 상대편의 처지에서 생각해보려는 버릇이 싹트기 시작했다는 것이다. 초등학생이라도 알 만한 진리를 모를 사람이 어디 있겠는가. 그렇지만 그걸 실천하고 시도하려고 노력하는 사람이 많지는 않다. 나이가 들수록 그렇다. 소설 속의 주인공 부부는 미친개와 관련된 사건으로 각자 큰 상처를 입었는데, 같은 상황에서 서로의 오해와 생각의 차이로 빚어진 비극이다. 이 사건은 어떻게 보면 내가 겪은 두 에피소드만큼이나 일상에서 쉽게 일어나는 사소한 일이었지만, 서로의 동상이몽이나 오해 때문에 주인공

부부가 상대에 대한 애정을 거둬들이는 불행으로 비화되고 말았다.

미친개를 통해 배운 인생철학

미친개와 관련된 사건을 두고 뻗어나가는 주인공 부부의 다른 생각은 이러하다. 먼저 주인공 유복의 아내 재인이 겪은 미친개 사건의 전모다. 군인인 주인공이 1년 반 만에 휴가를 얻어 집에 왔다. 미친 것으로 보이는 지나가던 잡종견과 집에서 키우던 덩치가 작은 애완견이 마당에서 싸움이 붙었다. 유복은 방 안의 옷장에서 철봉을 뽑아 들고 미친개를 죽여버리겠다고 마당으로 나갔다. 재인은 그냥 미친개를 쫓아버리라고 만류하지만, 유복은 매정하게 재인을 내팽개치다시피 하고 철봉을 들고서 광기에 사로잡힌 채 마당으로 향했다. 유복은 미친개가 도망치지 못하도록 대부분의 빗장을 잠그고, 들고 나간 철봉을 미친개의 목구멍에다 찔러 넣었다.

그것으로도 모자라 재인이 경악하는 와중에 유복은 철봉으로 미친개를 마구 패기 시작한다. 그리고 최후의 일격으로 미친개의 머리를 철봉으로 사정없이 내려쳤다. 미친개는 비참하게 죽었으나, 유복은 여기에 만족하지 않고 아내가 사랑하는 애완견마저 잔인하게 죽여버린다. 재인은 개의 사체를 곧 자신의 시체로 여기게 된다. 재인의 눈에는 유복의 행동이 피에 굶주린 광기 어린 사람의 그것에 지나지 않았고, 이 사건으로 재인은 유복과 헤어지기로 결심한다.

반면 유복의 입장과 생각은 이랬다. 일단 유복도 재인과 마찬가지로 그들의 집을 침입한 덩치가 큰 개를 미친개로 규정했다. 그러나 재인이 요구한 것처럼 미친개를 단순히 쫓아내는 것은 큰 위험을 감수해야 하는 일이라고 판단했다. 그래서 그 개와의 일전을 다짐했다. 무기가 필요했고, 유일한 무기가 될 만한 옷장의 철봉을 서둘러서 뽑아 들었다. 대문을 잠가버린 것은 언제 자신의 어린아이가 집으로 돌아올지 모르고, 그렇다면 그 미친개에게 무슨 변을 당할지 모르기 때문이었다.

막상 철봉을 들고 미친개와 대치했을 때 유복이 보기에도 미친개를 쫓아내는 것이 가능해 보였다. 그러나 유복은 군인이었고 자기만 살겠다고 미친개를 골목에다 풀어놓을 수는 없다고 생각했다. 유복이 자신은 재인이 생각한 것처럼 광기에 치달은 것도 아니고, 멀쩡한 개를 때려죽일 만큼 호전적인 사람도 아니라고 항변한다. 미친개뿐만 아니라 아내의 애완견을 죽인 이유는 이렇다. 애완견은 마당에서 미친개와 싸우다가 상처를 입었으니 살려두면 심각한 문제가 발생할 수 있기 때문이라는 것이다. 사람에게 광견병을 전염시킬 수 있는 위험을 고려했다. 유복의 항변을 요약하면 자신이 미친개와 애완견을 죽인 것은 광기의 소산이 아니고 사랑하는 가정을 지키기 위해서였다. 내게 『하늘의 문』은 가정의 평화를 지키는 열쇠로 읽힌다.

“

관계의 달인이 되자

차마 밝힐 수 없는 유치한 이유로 아내와 이틀째 말을 나누지 않고 있다. 퇴근해 집에 왔더니 나는 먹지도 않는 아침밥 설거지 거리가 있기에 냉큼 해치웠다. 확전을 원치 않았기 때문이다. 아니다. 실은 화해를 원해서였다. 더는 김밥천국에서 떡라면과 육개장으로 연명하고 싶지 않았다. 그 영혼이 담겨 있지 않은 음식은 이미 먹을 만큼 먹었다. 그렇다고 사나이 자존심을 꺾고 아내에게 숙이고 들어가고 싶은 마음은 추호도 없었다.

냉전 이야기

아내는 잠시 뒤에 귀가했고 주방에서 음식을 열심히 하는 눈치였다. 얼마나 지났을까. 딸내미도 돌아왔고 곧 그들은 만찬을 즐길 터였다. 나는 서재에서 오늘은 김밥천국에서 뭘 사 먹을까를 두고 장고에 들어갔다. 아울러 김밥천국을 찾는 드레스 코드를 변경하기로 했다. 오늘은 파란색 아디다스 체육복이 아닌 내가 자랑하는 까만색 나이키 체육복을 입기로 했다. 끼니때마다 찾아오는 늙수그레한 사내의 정체를 수상쩍게 또는 측은하게 볼 수도 있으니까. 나는 주목받는 것을 좋아하지 않는다.

한편 아내는 저녁 준비가 다 되었는지 딸내미더러 "밥 먹어"라고 호출을 한다. 이 순간 나는 범상치 않은 낌새를 파악했다. 주방과 소파 사이는 30데시벨 정도면 충분히 의사소통할 수 있는데 아내는 서재에까지 들릴 만한 60데시벨의 크기로 "밥 먹어"라고 말했다. 왜 아내가 60데시벨 크기로 밥을 먹으라고 했는지에 대한 원인 분석을 했다. 밥을 먹어야 하는 대상에 나도 포함이 되는지 아닌지를 파악해야 했다. 70퍼센트 정도는 나도 만찬에 초대받은 것으로 판단되었다. 나를 만찬에 초대한다는 것은 아내가 내민 백기나 다름없었다. 매우 긍정적인 신호이긴 하나 나는 주방으로 나가길 주저했다. 만일 의기양양하게 나갔다가 식탁에 내 밥그릇이 없는 불상사에도 대비해야 할 것 아닌

가. 그 불상사가 일어난다면 이틀간의 묵언 전쟁에도 패하고 내 명예도 산산이 조각날 일이었다. 배는 고팠지만 바깥 정세를 좀 더 지켜보기로 했다.

얼마나 지났을까. 예의범절과 어른에 대한 예우라고는 없는 딸내미가 부른 배를 두드리며 소파에서 뒹구는 소리가 들린다. 분노가 치밀며 파르르 떨고 있는데 "너의 아빠한테 저녁 먹을 건지 안 먹을 건지 물어봐"라는 복음이 들려왔다. 저 말의 의미는 "서방님, 제가 잘못했으니 제발 이리 와서 정성껏 준비한 저녁을 부디 드세요"였다. 이틀 동안 김밥천국에서 와신상담한 보람이 절대 헛되지 않았다. 그렇다고 채신머리없이 방긋방긋 웃으면서 게걸스럽게 음식을 먹지 않았다. 아직 분노가 채 가시지 않았다는 뉘앙스를 잔뜩 풍긴 채 조곤조곤 진수성찬을 깔끔히 비웠다. 물론 아내에게 말도 건네지 않았다.

기껏 저녁 한 끼로 나를 회유할 수는 없는 일이다. 근엄한 표정으로 식사를 마친 다음 다시 서재로 돌아왔다. 배가 부르니까 평소 즐기지 않던 소주 한잔이 생각났다. 냉전의 장점이 무엇인가. 호랑이보다 더 무서운 아내에게 출필고반필면出必告反必面할 필요가 없다는 거다. 말을 안 섞는 처지에 "나 잠깐 나갔다 올게"라는 구차한 허락을 구할 필요가 없었다. 더욱 편리한 것은 맘껏 돌아다니다가 들어와도 어디 가서 뭘 했다는 보고를 할 필요도 없다는 점이다.

선불리 아내를 용서치 않은 게 천만 다행이었다. 역시 사람은 신중할 필요가 있다. 느릿느릿 옷을 갈아입고 아내가 보는 앞에서 외출 준비를 마쳤다. 거실을 지나 집을 나갈 찰나에 아내의 눈총이 나를 향해 서서히 고정되고 있다는 사실을 깨달았다. 왠지 불길한 기운이 온몸을 감쌌다. 갑자기 묵직한 저음이 나를 향했다. 이틀 만에 아내가 내뱉은 첫마디는 "어디 가."였다. 마치 수배자가 불심검문을 당한 것처럼 나는 생각할 겨를도 없이 무의식적으로 이렇게 말을 해버렸다. "아, 저기 말이야. 허 선생이 뭘 좀 도와달라는데 잠깐 나갔다 오면 안 될까?" 단 몇 초 만에 점령군에서, 무장해제를 당한 포로가 되어 있었다. 애당초 아내를 이길 수 없는 구조로 태어난 것이 분명한 내 몸뚱어리가 그저 원망스러울 뿐이다.

여자를 공부하는 것

애당초 아내를 이길 수 없는 몸으로 태어난 내가 할 수 있는 것은 여자를 공부하는 것밖에 없다. 존 그레이의 『화성에서 온 남자 금성에서 온 여자』(동녘라이프, 2006, 개정판)가 최선의 무기라고 생각하는데, 유명한 베스트셀러인 이 책이 내 서재에는 없다. 오래전에 이 책을 분명 읽긴 읽었는데 서재를 정리할 때 퇴출당한 모양이다. 내가 서재의 몸집을 줄일 때 퇴출 1순위는 단연 베스트셀러다. 아무 곳에서나 쉽게 구할 수 있으니 굳이 내 서재에 자리를 줄 이유가 없기 때문이다. 할 수 없이 이 책을 다시 도서관에서 빌려서 재독해야 한다. 예전에는 아마도 이 책을 띄엄띄엄 읽었나 보다. 그러니 아내와의 전투에서 백전백패하는 오합지졸이 되지 않겠는가.

읽은 사람은 알겠지만, 이 책은 여자와의 싸움에서 이기는 방법을 전수하는 책이 아니다. 남녀의 성향을 잘 익히고 이해해서 애초에 싸움 따위가 끼어들 틈을 주지 않는 원만한 커플이 되기를 꿈꾸는 사람을 위한 책이다. 그러니까 아내를 이길 역량도, 말솜씨도, 체력도, 식량 확충의 능력도 없는 나에겐 금쪽같은 책이다. 이 책의 저자 존 그레이는 무려 30년간 결혼 생활의 위기에 처한 2만 5,000여 부부를 상담하고 그 경험을 토대로 『화성에서 온 남자 금성에서 온 여자』를 펴냈다고 한다. 말하자면 공자 왈 맹자 왈 하며 누구나 할 수 있는 뻔한 충고와 잔소리를 늘어놓은 책이 아니다. 화성에서 온 남자와 금성에서 온 여자, 즉 서로 다른 성향을 가진 남녀가 가정이라는 한 울타리에서 살아가는 데 필요한 상대방에 대한 이해력을 높이는 데 이 책의 목적이 걸쳐 있다. 서로의 성향을 이해하는 것뿐만 아니라 논쟁을 피하는 방법이라든가 부부 사이에 도움을 청하고 받아들이는 방법 등 결혼 생활을 하면서 누구나 겪을 수밖에 없는 상황에 대해서 실제적인 해결책을 제공하는 것이 이 책의 가장 큰 매력이다.

만약 결혼에 앞서서 꼭 읽어야 할 책을 법으로 강제한다면 이 책이 분명 선택될 것이다. 연인과 부부 사이에 관한 교과서나 바이블과도 같은 책이라고 해도 과장된 표현이 아닐 정도로 명성이 높다. 이 책을 읽은 남자라면 아내가 직장상사의 뒷담화를 할 때 전후 사정을 가리지 않고 무조건 아내 편을 들어줄 뿐만 아니라 적어도 아내와 다툴 때 "왜 옛날 일까지 끄집어내?"라고 투덜거리지 않는다는 말이다.

『최성애 박사의 행복 수업』(해냄, 2010)도 읽을 만한데, 저자는 감정 코칭 강의로도 유명한 사람이다. 이 책은 부부 관계뿐만 아니라 아이들과의 관계 개선에도 큰 도움을 준다. 다른 직업 분야는 잘 모르겠고 대한민국의 교사라면 누구나 한 번쯤은 최성애의 강의를 들었을 거다. 『최성애 박사의 행복 수업』은 남녀가 타고난 성향이나 부부 간의 성격 차이에 대한 분석보다는 관계의 방식이나 대화의 요령에 좀더 초점을 맞춘다. 다수의 학생과 인간관계를 맺고 대화를 하는 것을 업으로 삼는 교사에게는 관계 개선이나 대화 방법 등에 관한 방법론을 익히는 것이 매우 중요한데, 이 방면에서 가장 유명하고 인정을 받는 사람이 바로 최성애다. 그래서일까. 교사들을 위한 온·오프라인 강연에서 최성애의 것은 늘 서둘러서 신청해야 들을 수 있다. 나만 해도 많은 강연을 듣고 연수를 받지만, 주제와 내용이 일치하지 않으면 흥미가 식는다. 가령 '즐거운 교직 생활'에 대한 강연을 하면서 정작 강사의 강의가 지루하면 그 강연에 대한 신뢰감이 생기지 않는다. 그런데 최성애의 강의는 온·오프라인을 가리지 않고 폭소를 자아내고 시간 가는 줄 모르고 집중하게 된다. 적재적소에 재미난 유머도 넘친다.

이 책이 주는 메시지는 간단하다. 부부간에 대화를 많이 하고, 상대방의 장점을 주로 보며, 가는 말을 곱게 하는 것이 중요하다는 것이다. 대화를 많이 하다 보면 오해가 쌓일 겨를이 있겠는가.

부부나 연인 간에 싸우지 않는 것이 가장 좋지만, 평생 싸우지 않고 사는 부부는 없다. 역설적이지만 인도의 철학자 오쇼 라즈니쉬는 자주 싸우는 부부보다 오히려 수십 년 동안 전혀 싸우지 않는 부부가 더 애정이 깊지 않다고 설파한 바 있다. 상대에 대한 미움은 언제라도 사랑으로 탈바꿈할 가능성이 있지만 무관심(라즈니쉬는 전혀 싸우지 않는 것이 무관심의 소산일 수도 있다고 생각했다)은 달리 사랑으로 승화될 가능성이 없다는 이야기다.

내가 아내에게 참 부러운 것이 있는데 아내는 나와의 화해의 표시로 내밀 '요리'라는 카드가 있는 반면에 나는 그런 게 없다. 그런데 가만히 생각해보니 요리를 못하는 남자에게도 아주 협상 카드가 없는 것이 아니다. 아내에게 해주는 마사지가 남편이 가진 최고의 무기가 아닐까. 김이경의 『셀프&커플 5분 마사지』(살림Life, 2010)는 상세한 사진 자료로 마사지하는 요령을 잘 알려준다. 피곤한 아내에게 기껏 인심을 쓴답시고 "어디 가서 마사지나 좀 받아"라고 하지 말고 직접 자기 손으로 마사지해주는 편이 훨씬 좋을 것 같다. 마사지의 방법을 알려주는 책은 많지만 『셀프&커플 5분 마사지』처럼 연결 동작을 자세히 설명하는 사진 자료가 풍부한 책은 드물다. 마사지를 잘 못하는 사람이라도 금방 따라 할 수 있고 부부 관계의 달인이 될 수 있으리라 확신한다. 마사지라는 것이 원래 자연스러운 스킨십 아닌가. 마음의 교감만큼이나 육체적 교감도 중요하다.

행복하게 패배하는 법

아내와 이틀째 냉전 중이다. 편안하지 않은 마음으로 퇴근했는데 거실 탁자에 김치복음밥이 다소곳하게 첫날밤 신부처럼 나를 맞이한다. 물론 나는 그 김치복음밥이 아내 특유의 화해 제스처라는 것을 알아챘다. 졸지에 승자가 된 나는 패배자의 화해 제스처를 너그럽게 받아주기로 작정했다. 평소대로라면 허겁지겁 옷도 갈아입지 않고 먹어치웠겠지만 애써 평정심을 유지했다. 사람은 모름지기 잘나갈 때 조심해야 한다.

고개를 먼저 숙이고 들어오는 패자에게 치욕감을 주어서는 곤란하다. 그렇지만 승자가 지녀야 할 자긍심도 어느 정도는 누려야겠기에 거실의 김치볶음밥을 못 본 척하고 서재로 향했다. 밥을 달라고 보채는 배를 간신히 달래면서 적당하게 시간을 보내다가 김치볶음밥이 적당히 식어서 딱 먹기 좋은 시간이면서 동시에 아내의 항복이 분노로 바뀌기 직전에 거실로 나갈 셈이었다.

그런데 아뿔싸. 치밀하게 계산된 적당한 시간에 거실로 나갔더니 패배자의 조공으로 생각했던 김치볶음밥을 딸내미가 먹고 있었다. 맛나게, 게걸스럽게 먹고 있으면 그나마 덜 억울했겠다. 딸아이 녀석은 제 엄마가 강권해서 할 수 없이 먹는 것인지 깨작거리는 모양새에서 못마땅한 기색이 역력하다. 생각해보라. 딸내미가 지금 깨작거리면서 억지로 먹는 저 김치볶음밥이 내게는 세상에서 가장 맛난 음식이다.

패배자들의 성서

끓어오르는 분노를 자제하기도 힘든 와중에 '김칫국을 원샷에 마신 나머지 헐레벌떡 먹으러' 나왔다가 헛물을 켠 사실을 아내에게 들키지 않아야 하는, 더 시급한 현안을 처리해야 했다. 물을 먹으러 나온 것처럼 하려고 했으나 그것도 어쨌든 '뭔가 먹는 행위'다. 따라서 나의 '굶주림'을 간접적으로 자백하는 셈이니 피하기로 했다. 나는 지금 기분이 안 좋고, 진수성찬이 눈앞에 있어도 눈길을 주지 않는다는 고고한 자세로 당당히 욕실로 향했다. 욕실에 일단 들어왔는데 '볼일'이 생기지 않았다. 물 부족 국가에서 할 일은 아니나 내가 처한 상황이 긴박한지라 변기의 '헛'물을 내린 다음 손을 씻는 '음향 효과'까지 곁들이고 나옴으로써 욕실의 고유한 기능을 사용했다는 증거를 확보했다.

분했다. 어쩌겠는가. 김치볶음밥은 아내가 남은 밥을 처리할 때 흔히 사용하는 메뉴다. 내가 배를 채우려면 밥을 새로 해야 한다는 말이 된다. 냉전의 와중에 밥을 한다는 것은 내가 굶주림을 참지 못할 만큼 화가 많이 나지는 않다는 것을 자백하는 셈이니 그것도 곤란하다. 배는 점점 고파와서 간밤에 먹다 남긴 빵 부스러기를 주섬주섬 챙겨 먹었다. 그걸로는 허기가 가시기는커녕 더욱 배가 고파왔다. 이대로는 안 되겠다 싶어 김밥천국에라도 가야겠다고 생각했는데 그냥은 안 되었다. 화가 머리끝까지 솟아서 저녁도 안 먹고 운동을 하러 간다는 티를 내기로 했다. 그리고 대문 밖을 나서면 김밥천국으로 달려가면 된다. 서재에서 나와 구석에 있는 나의 옷방으로 향했다. 일부러 발자국 소리를 크게 내고 옷을 유난히 요란스럽게 갈아입었다. 허겁지겁 현관을 나서기 직전에 적의 동태를 파악하려고 거실 쪽을 봤다. 순간 웃음이 터져 나왔다. 거실에선 아내가 조금 전까지 서재에서 내가 굶주림을 참기 위해서 가지고 놀던 나의 노트북을, 그 짧은 순간에 가져와서 보고 있었다. 멀리서 딱 봐도 아내가 애용하는 쇼핑몰에 접속 중이었다.

내가 아내가 차려준 밥을 먹는 것과 마찬가지로 아내가 나의 노트북을 만진다는 것은 우리에게 '투항'을 의미했다. 그런데 아내는 내가 옷을 갈아입고 나가는 데 걸리는 불과 1~2분을 참지 못하고 나의 노트북을 꺼내 들었다. 그것도 거실이 아닌 나의 아성 서재에 친히 왕림해서 가져온 것이다. 물론 아내는 투항하려는 의도는 아니었다. 온종일 직장의 칠팔 년 묵은 컴퓨터로 현란한 그래픽이 가득한 쇼핑 사이트를 구경하려니 오죽 답답했겠는가. 집에 돌아와서 나의 자랑거리이자 큰 무기인 고사양 노트북으로 쇼핑하고 싶었으리라. 마치 10년 묵은 변비를 해결하는 쾌적함을 만끽하고 싶었으리라. 그렇지만 냉전 중이니 우리 부부의 친근함의 상징인 "당신 노트북 가져와봐"라는 명령을 할 수 없었다. 내가 빨리 나가기를 간절히 원했는데 마침 굶주림을 참지 못한 내가 운동을 가장한 먹거리 쇼핑에 나갈 기미를 보이자 쾌재를 부르고 득달같이 내 노트북을 소환했으리라.

얼마나 급했으면 내가 미처 집을 나서기도 전에 노트북을 사용하는 치욕스러운 광경을 들킨단 말인가. 그런데 그런 아내가 갑자기 귀여워지는 것이었다. 아내에게 품었던 서운한 마음이 금방 녹아내렸다. 그러고 보니 지난 냉전 때 자존심을 지키느라 아내가 잠시 집을 비우는 틈을 노려서 잽싸게 거실로 달려가 간식을 게눈 감추듯이 먹어치우고 서둘러 서재로 복귀해놓고서는 뿌듯해한 일이 생각났다. 그때 나는 입안에 먹거리를 가득 채운 채 지갑을 가지러 다시 들어온 아내와 조우하고 말았다. 나는 아내에게 근사한 패배자이자 불쌍한 패배자가 되고 싶었다. 아내와 나와의 싸움은 늘 패자에 대한 배려가 배어 있고, 패자는 그 나름대로 반성의 기미를 보이기 마련이었다. 더구나 아내는 영민하여 우매한 나로서는 도저히 넘을 수 없는 벽이다. 내가 아내와의 많은 싸움에서 했던 가장 영리한 행위는 쪼잔한 승리자가 아닌 위대한 패배자의 노릇을 지향해왔다는 것이다.

좋은 패배자를 곁에 둔다는 것은

패배자라고 모두 비참한 삶을 사는 것은 아니다. 모두가 1등만을 외칠 때 독일의 언론인 볼프 슈나이더는 역사적인 패배자들의 삶을 조명한 『위대한 패배자』(을유문화사, 2005)를 세상에 내놓았는데 아내와의 전투에서 늘 패배자 신세를 면치 못하는 내게는 성서와도 같은 책이 되겠다. 도저히 이길 수 없으니 차라리 동정받고 배려받는 패배자 노릇이 편하겠다는 본능적인 직감에서 비롯된 처신이다. 따지고 보면 세상 사람 중에 누구나 '승리자'라고 인정할 만한 사람이 몇이나 되겠는가. 더 좁게 생각해보면 우리나라 가장 중에 집에서 큰소리치고 직장에서 기죽지 않는 사람이 몇이나 되겠는가 말이다.

게다가 우리 사회는 늘 1등만을 추구하지 않는가. 1등 제일주의는 그 뿌리가 무척 깊고 우리 사회에 만연해 있다. 오죽하면 취미 생활에서도 1등 제일주의가 적용될까. 가령 사진 장비를 마련할 때도 '둘러서 가지 말고 한방에 가라'는 말을 자주 한다. 무조건 제일 비싼 기종으로 구매하란 이야기다. 슈퍼 히어로로 주목받는 극소수의 화려한 승리자를 우러러보는 다수의 평범한 사람들은 1등 제일주의의 관점에서 보면 패배자이지만 그들이라고 '위대한' 면이 없겠는가.

나만 해도 그렇다. 아내와의 다툼에서 조금만 더 승리를 간절히 원했고, 행운이 조금만 더 내게로 향했다면, 조금만 더 음흉했다면 나도 충분히 승리자가 될 수 있었다. 굳이 나 자신을 위한 정신 승리를 맛보려는 자위일 수는 있겠으나 나는 나쁜 승리자보다는 좋은 패배자를 선택한 것이 아닌가 싶다. 적어도 나에겐 나쁜 승리는 불편함을 주지만 좋은 패배는 느긋함과 즐거운 웃음을 주기 때문이다.

패배자의 기록이 가득한 백과사전 식의 『위대한 패배자』를 읽다 보면 패배자들도 다양한 부류가 있음을 알 수 있다. 부시에게 석연찮은 패배를 당한 '앨 고어'처럼 승리자보다 더 뛰어난 재능과 성실한 삶을 산 훌륭한 패배자, '체 게바라'처럼 비록 비참한 죽음을 맞이했지만 사후에 유명 연예인 못지않은 인기를 누리는 영광의 패배자, 루이 16세처럼 악인도 아니고 폭정을 행하지도 않았지만 왕위에서 쫓겨난 비운의 패배자, '고흐'처럼 생전에는 아무런 주목도 받지 못하다가 사후에야 빛을 본 허망한 패배자 등이다.

신출귀몰한 작전을 펼쳐 영국군을 당황시켰으며 리비아 사막을 마치 물 만난 물고기처럼 휘젓고 다니면서 영국군을 괴멸시킨 바 있고, 승리를 거둔 패장보다 더 주목받는 패장 중의 한 명인 독일의 '에르빈 롬멜' 장군은 히틀러의 음모에 의해 스스로 독약을 선택해야 했다.

영국의 수학자 '앨런 튜링'의 경우엔 패배자라는 말은 전혀 어울리지 않고 '위대하고' '안타까운' 정도의 수식어만 남겨야 한다. 제2차 세계대전 당시 독일의 '에니그마'라는 암호 체계를 해독하지 못해 극심한 피해를 보던 연합군을 위해서 앨런 튜링은 암호를 해독하는 방법뿐만 아니라 적의 암호를 역이용하는 방법까지 발견해서 연합군에게 큰 힘이 된 전쟁 영웅이었다. 그뿐만 아니라 '알고리즘'을 창안한 컴퓨터의 시조로 추앙하기에 부족함이 없는 인물이다. 그러나 당시만 해도 범죄로 여겨졌던 동성애자라는 사실 때문에 그는 범죄자로 몰렸고, 화학적 거세를 당하는 수모를 겪은 끝에 결국 청산가리를 주입한 사과를 베어 먹고 스스로 자신의 삶을 마감했다. 애플사 로고인 베어 문 자국이 있는 사과의 주인공이 바로 앨런 튜링이라는 소문이 있을 정도로 그는 존경받는 패배자가 되었다.

도저히 미워할 수도 없고 오히려 마음이 짠해지는 패배자들의 삶은 날조된 이미지나 탐욕으로 점철된 승리자의 삶보다 더 배울 만한 가치가 있다. 더구나 몇 사람을 제외하고 우리는 모두 패배자다. 그리고 우리의 일상생활은 패배와 실패의 연속이다. 나는 아내와의 싸움에서 늘 패배하며, 아내는 아내대로 매주 로또 당첨 번호를 비껴간다. 내가 응원하는 삼성 라이온즈는 요새 승리보다는 패배가 잘 어울리는 팀이고, 100야드를 간신히 보내는 내 옆에는 가볍게 150야드를 날리는 동료 골퍼가 있다. 그렇다고 비열한 계책으로 아내를 이겨본들 뭐하며, 삼성 라이온즈가 100승을 하고 매년 우승을 한다면 다른 팀 팬들은 무슨 재미로 야구를 본단 말인가.

지금까지 그래왔듯 나는 아내에게 훌륭하게 패배할 것이며, 아내는 적중하지 않을 로또를 구매함으로써 유효 기간이 일주일인 행복한 기대를 품고 살 것이다. 좋은 패배자를 곁에 둔다는 것은 느긋함과 배려심 그리고 인정 넘치는 삶을 산다는 뜻 아닐까.

3장
오늘도 나는 괜찮다

그분의 탁월한 설법을 머릿속에 담아두려고 필사적으로 노력했다.
머리에 담아두었다가 글로 옮기기만 하면 세상에 없던 초대형 자기계발서가 될 것이 자명했다.
저작권이 좀 걱정되기는 했지만, 그 귀하디귀한 말들과 처세술이 그분의 것이라는 증거는 없었다.
세상일이 다 그렇지 않겠는가. 초대형 인기 도서는 생각하는 자가 아닌 쓰는 자의 몫이다.

“

부치지 못한 편지

너의 열다섯 번째 생일을 맞이하여 네가 편지를 써달라길래 적잖이 당황했다. 아빠의 현란한 글솜씨로 너를 감동케 하여 눈물을 비 오듯이 흘리게 할 수 있었지만, 네가 조만간 〈님아, 그 강을 건너지 마오〉라는 슬프고도 감동을 주는 영화를 볼 예정이라고 해서 애써 담담히 평온한 어조로 간단히 써주었다. 왜냐고? 〈님아, 그 강을 건너지 마오〉를 친구들이랑 같이 보면서, 내 편지 때문에 눈물을 너무 많이 소진한 네가 눈물을 흘리지 못하면 친구들이 너를 '얼음공주'니 '감성이 없는 여자'니 하면서 놀릴 수도 있잖니? 아빠는 네 엄마의 별명을 네가 물려받는 것이 반갑지가 않구나. 못생긴 필체로 서너 줄 적어준 나의 편지는 사실 성의가 없는 게 아니고 아빠의 깊은 배려의 산물이었음을 명심하거라. 내 코에 난 여드름 하나 때문에 고민하다가 밤새 잠을 설쳤다는 너의 엄마가 언제부터 나를 평민으로 쫓아내고 '언제나 1순위'라는 이름으로 네 전화번호를 입력해놨는지 모르겠다만, 나야말로 너를 '언제나 1순위'로 생각하고 있단다. 증거를 대보라고?

너의 상태, 소유, 의도

1년 동안 SNS에서의 활동을 요약 정리해주는 '마이 타임스 My times'라는 자동 편집 서비스가 있어서 실행해보았는데 너도 보다시피 내가 1년 동안 가장 많이 사용한 단어 1위가 '딸아이는'이고 2위가 '딸아이의' 그 뒤를 이어 3위가 '딸아이가'이구나. 너희 엄마는 쪼잔하게 너를 달랑 1순위에만 두고 있다지만 아빠는 너를 1순위에서 3순위까지 줄 세우기를 했단다. 너의 엄마에겐 네가 그저 '알파'일 뿐이지만, 아빠에게 너는 '알파에서 오메가까지'의 존재다. 한마디로 내 인생의 처음부터 끝까지가 온통 너로 채워져 있단 말이다. 네가 아직 나이가 어려서 언어학에 대한 소양이 부족하니 더욱 친절하게 설명해주마. 그렇다. 아빠는 이렇게 자상하고 너에게 유익한 사람이다. 먼저 1위 '딸아이는'에 대한 언어학적 배경을 설명해주마. '딸아이는'이란 말은 아빠가 얼마나 너의 '현 상태'에 관심이 많은가를 충분히 설명해준다. 너는 걸핏하면 너에 대한 아빠의 관심을 점검하기 위해서 네가 학교에서 몇 반 몇 번이냐고 묻던데, 앞으로는 그런 불경한 질문은 삼가길 바란다. 아빠는 너의 엄마처럼 그렇게 형이하학적이고 수치적인 정보에 집착하지 않는다. 중요한 것은 숫자가 아니고 '진정성'이라고 내가 가르쳐주지 않았더냐.

2위인 '딸아이의'로 넘어가보자. '딸아이의'이란 말은 내가 얼마나 너의 소유물과 소유권에 관심이 많은지를 시사한다. 지난번에 엄마가 시장에서 사 온 꼬막을 아빠가 너보다 많이 먹으려고 가짜 제스처를 취한 것도 다 험난한 세상에 나가서 네가 스스로 소유물을 지켜낼 수 있도록 '잠재력'을 키워주기 위함이었단다. 흔히 '페이스메이커'라고들 하지.

마지막으로 3위인 '딸아이가'는 아빠가 얼마나 '너의 의도'에 충실하려고 애쓰는지 잘 보여준다. 네가 방을 어지럽히고 온갖 옷가지를 침대 위에 부려놓은 것을 보고 너의 엄마는 "대체 누굴 닮아서 이렇게 지저분하냐"라고 네게 인신공격을 일삼지만, 아빠가 언제 너의 방이 어지럽다고 혼을 낸 적이 있었느냐.

내가 모를 리가 있겠느냐. 네가 방을 어지럽히는 것은 네가 나의 유전자를 충실히 물려받은 분신임을 알려서 부녀애를 고조하기 위함이라는 걸 말이다. 옷가지들을 침대 위에 두는 것도 그렇다. 너의 의도는 외출할 때 코디의 효율성과 신속함을 확보하기 위해서이지 않느냐는 말이다.

이렇게 매사에 아빠는 너의 상태, 소유 그리고 의도에 충실했다. 그런데 너는 나의 깊은 배려를 미처 헤아리지 못하고 자주 오해하더구나. 어젯밤만 해도 그렇다. 네가 왈칵 문을 열고 내 서재에 들어왔을 때 내가 급하게 인터넷 창을 내린 일을 두고 너는 아빠가 마치 너의 '뒷담화'를 쓰고 있거나 야한 사진이라도 보는 것은 아닌지 생각하지 않았느냐. 네가 "아빠 뭐 본 거야?"라고 다그쳤을 때 내가 버럭 하니까 너도 화를 벌컥 내더구나. 물론 불과 일주일 전에 "딸에게 절대 버럭 하지 않겠다"라는 조항이 포함된 각서를 네 엄마에게 제출한 사실은 인정한다. 그렇다고 내가 어젯밤 너에게 버럭 한 것을 조약 위반이라고 치부하면 안 된다. 아빠가 세상을 살아보니 세상이 모두 법대로, 순리대로 흘러가지 않는 경우도 허다하더구나. 이제는 알겠지? 어제 너한테 버럭 한 것은 네가 장차 사회에 나가서 마주칠지도 모르는 불합리하고 부조리한 상황에 대한 대처 능력을 배양해 주기 위함이었다. 그리고 이건 혹여 네가 오해를 할까 싶어 말하는데, 내가 어제 급하게 닫은 인터넷 창은 새하얀 피부가 많이 노출된 야한 처자 사진이 아니라 눈처럼 순백의 몸체를 자랑하는 카메라 렌즈였단다. 내가 왜 렌즈 사진을 급하게 내렸는지는, 이 글을 읽었으니 짐작하리라 생각하고 설명은 생략하마. 너의 시간도 소중하니까.

세상의 모든 부모에게 소중한 것

두 해 전 딸아이에게 쓴 편지의 전문이다. 물론 이 편지가 딸아이의 손에 전달된 것은 아니다. 붙이지 못한 연서는 애틋하기라도 하지, 딸아이에 대한 뒷말과 관찰기에 가까운 이 편지는 마치 불온서적처럼 딸아이의 눈에 띄면 안 되었다. 부모가 자식에 대해 쓴 기록만큼 그 처지가 격하게 변화하는 것도 드문 것 같다.

일본의 베스트셀러 동화작가 사노 요코가 쓴 『자식이 뭐라고』(마음산책, 2016)도 처음에는 주인공인 아들에게 배척받았던 기록물이다. 아이러니하게도 10대 때 극렬하게 자신에 대해 글을 쓰는 것을 반대했던 아들이 모친인 사노 요코가 암으로 세상을 떠나자 새삼 모친이 생전에 썼던 글에 감동을 하고 책으로 출간했다. 성인이 되고 자식을 키워봐야 비로소 부모의 흔적을 그리워하는 것이 인지상정인 모양이다. 특히 사춘기에는 제 복

에 겨워 부모의 지극한 사랑을 오히려 부담으로 여기는 상황 또한 흔하다. 그래서 사노 요코의 아들과 나의 딸아이는 자신들에 대해 글을 쓰는 것을 그렇게 싫어했던 것이다.

『자식이 뭐라고』에는 '거침없는 작가의 천방지축 아들 관찰기'라는 부제가 붙어 있다. 오죽 세밀히도 아들의 행적을 기록해 놨길래 '관찰기'라는 부제를 붙였겠느냐고 생각해보니, 새삼 사춘기 시절 사노 요코의 아들이 느꼈을 고충이 이해가 되고도 남는다. 동서고금 이래로 확실히 딸보다는 아들이 좀더 귀한 대접을 받은 것은 확실하다. 그러나 키우는 재미는 딸이라고 하지 않던가. 그래서인지 출판 저작 분야에서 아들보다는 딸이 더 빈번히 소재로 등장한다. 가장 복 받은 아빠 사진사는 딸을 둔 사람이지, 아들 둘을 둔 사람이 아니다. 사진 관련 커뮤니티에 아들 사진을 포스팅할라치면 '인기 없는 아들 사진'이라는 부제를 밑밥으로 깔아두는 수고도 아들을 둔 아빠 사진사의 운명이다. 『자식이 뭐라고』가 독자들의 눈에 띌 만한 여러 가지 매력이 있는 책이지만, 적어도 내게는 딸이 아닌 아들자식을 관찰했다는 점이 신선했다. 암에 걸려서도 굴뚝처럼 담배를 피워대고, 돈과 목숨을 굳이 아끼지 않겠다는 시크하고 용감한 엄마 사노 요코가 쓴 '아들 관찰기'는 과연 어떨까라는 궁금증이 생기는 것은 당연하다.

'천방지축 아들 관찰기'라고는 하지만, 『자식이 뭐라고』에는 특별한 에피소드가 아닌 남자아이를 키우는 엄마라면 누구나 겪을 만한 사소한 일상이 담겼다. 어린이집, 장난감, 친구, 천진난만한 말들, 울음 등 지극히 사소하고 일상적인 사건일 뿐이다. 그러나 사노 요코뿐 아니라 세상의 모든 부모에게 아이의 일상만큼 소중한 것은 없다. 사노 요코가 아이의 눈물마저도 애써 기억하려 하고 소중하게 여기는 만큼 나도 내 딸아이가 '아빠 우리 같이 놀자'고 칭얼대던 기억이 소중하다. 『자식이 뭐라고』의 가장 큰 미덕은 여기에 있다. 자식의 현재가 과거가 되고 나서야 그 소중함을 깨닫는 부모들의 실수를 미리 방지해주는 역할 말이다.

진작에 이 책을 읽었더라면 딸아이가 놀자고 졸라댔을 때 피곤함을 핑계로 그저 누워서 눈만 감고 있으면 되는 병원 놀이의 환자 역할만을 고집했던 과거는 없었을 것 아닌가. 『자식이 뭐라고』를 읽다 보면 자식과 관계된 모든 일상을 금쪽같이 여기고 행복감을 느낄 수 있어서 좋다.

천방지축처럼 날뛰는 아들을 어떻게 키워야 할지 고민하는 엄마라면 『아들 때문에 미쳐버릴 것 같은 엄마들에게』(최민준 지음, 살림, 2016)를 권한다. 외동딸만 둔 나도 교사로 일하면서 도무지 이해가 되지 않는 행동을 일삼는 남학생들이 난해한 수학 문제를 푸는 것만큼이나 어렵게 느껴질 때가 많다. 그런 아들을 키우는 엄마들은 오죽하겠는가?

그러나 이 책은 아들 때문에 골머리를 썩이는 엄마들이 어떻게 아들을 통제해야 하는지에 관한 지침서가 아니다. 여자인 엄마 입장에서는 난해하기만 한 아들의 행동이나 비밀, 가능성 등을 쉽게 이해할 수 있는 사례를 모은 책이다. 또한 난해한 교육 이론을 바탕으로 한 공자 말씀처럼 실천하기 어려운 지침이 아니라 남자아이만을 대상으로 한 '남아 미술 교육'이라는 독특한 프로그램을 진행해온 저자 최민준이 수천 명의 남자아이를 만나온 경험을 살린 '남자아이를 이해하는 노하우'가 담겨 있다.

엄마 입장에서는 아들이 '다른 종족'이 아니냐는 생각마저 드는 경우가 많다고 한다. 천 명의 아이가 있다면 천 가지의 습성이 있다. 천편일률적인 훈육 가이드가 아닌 내 아이를 이해하는 방법을 설명하는 이 책은 아들을 둔 엄마라면 누구나 한 번쯤 해봤을 고민, 즉 아이에게 무시당하는 기분이 든다, 아이가 손에서 스마트폰을 내려놓지 않는다, 폭력적인 성향이 고민된다, 아들이 대화를 피한다 등과 같은 상황에서 '아들 다루기' 전문가로서 명쾌한 해결책을 제시한다.

아들의 행동에 문제가 있다기보다 엄마가 아들을 이해하지 못하는 게 아닐까 하는 의문에서 출발하는 저자의 시선이 참으로 옳다.

“

넌 나에게 모욕감을 줬어

군사정권의 잔재인 국민교육헌장을 순식간에 암기하는 천재성을 발휘한 친구가 있었다. 그러나 내가 그를 정작 부러워한 것은 국민교육헌장을 암송할 수 있는 능력이 아닌 그의 월간지 〈어깨동무〉였다. 그의 암기 능력은 초등학교 4학년이 되도록 구구단도 외우지 못해 허구한 날 나머지 공부를 하는 신세였던 나의 입장에서는 언감생심 꿈도 꾸지 못할 위엄이었다. 게다가 그는 학교에서 고개를 하나 넘어야 하는 동네에 사는 나에 비해 교문과 맞닿아 있는 이른바 '다운타운'에 사는 '시티즌'이었다.

그러나 나는 그런 것들이 전혀 부럽지 않았다. 오로지 그의 〈어깨동무〉만이 부러움을 넘어서 경외심을 품게 했다. 1970년대에 초등학교를 다닌 사람이라면 만화와 소설과 온갖 상식을 담고 있었던 〈어깨동무〉의 위엄을 잘 알고 있으리라. 내 친구 '국민교육헌장'은 300명이 넘었던 전교생 중에서 유일하게 〈어깨동무〉를 소유한 막대한 자산가였다.

당시 시골아이들에게는 만화책이 귀해서 어쩌다 누군가 만화책을 가져오면 비닐로 된 비료 포대로 커버를 씌워 아껴서 돌려보았고, 그마저도 수준급의 인맥이 있어야 빌려 읽을 수 있었는데, 매달 새로 발간되는 따끈따끈한 신상 〈어깨동무〉를 보유한 국민교육헌장은 니미츠급 항공모함을 보유한 유일한 초강대국이었다.

죽림7현 중에서도 국민교육헌장

고등학교 때도 마찬가지였다. 그는 우리 학년의 최우등생, 즉 죽림7현쯤 되는 위치였고, 나는 야간 자습을 땡땡이치고 시장에 들러 수박을 사다가 컴컴한 들판에서 배불리 먹거나, 시험 기간이면 자전거를 타고 친구들과 도랑 옆에서 라면이나 끓여 먹고 놀았던 불한당이었다. 죽림7현의 좌장은 오로지 학문에 정진하기 위해서 머리를 한 달 동안 감지 않는 신선다운 풍모를 유감없이 발휘했고, 국민교육헌장을 비롯한 그 이하 멤버들은 비록 좌장만큼은 못 되더라도 그들의 아이덴티티인 꾀죄함을 철저히 고수하였다. 반면 나를 비롯한 불한당들은 드라이어로 만든 가르마가 한 올이라도 흐트러지면 당장 뒷주머니에서 갈고리만 한 빗을 꺼내 수정해야 했으며, 간혹 버스에 빈자리가 생겨도 바지가 구겨질 우려가 있기 때문에 앉지 않았다.

고등학교 졸업 후 그는 부산으로, 나는 대구로 진학했다. 우린 서로 대학 시절을 어떻게 보냈는지 알지 못한다. 대구와 부산은 용돈이 풍족하지 않았던 촌놈들에게는 결코 가까운 거리가 아니었다. 그를 다시 만난 것은 부산행 열차 안이었는데, 당시 이제 겨우 말년 휴가를 얻은 군인 신분의 그를 적잖이 측은하게 보았었다. 이미 1년 전쯤에 전역하고 한참 취업 준비를 하고 있던 내 눈에 그는 햇병아리처럼 보였다. 나에겐 장밋빛 미래가 기다리고 있고, 이제 겨우 말년 병장 골초인 저 죽림7현의 잔당 녀석은 나를 부러워하게 되리라 생각했다. 진심으로 그를 동정하였다. 이제야 초등학교 때의 〈어깨동무〉와 고등학교 때의 '죽림7현' 콤플렉스에서 탈출하고 그를 앞서가기 시작했구나, 하고 확신했다.

그러나 그런 생각이 멍청한 착각이었음을 깨닫는 데는 채 3년

이 걸리지 않았다. 내가 국민교육헌장보다 제대를 빨리 하고, 사회 물을 빨리 먹으면 뭐하겠는가. 어영부영 불한당 짓을 하다가 결국 나와 국민교육헌장은 비슷한 시기에 취직을 했다. 나는 고향의 시골중학교에 교사로 부임했고 국민교육헌장은 애초에 부산에 있는 대학을 다닌 덕분인지 부산에서 직장 생활을 시작했다. 방학이 되어서야 친구들을 하나둘 챙기기 시작한 나는, 일단 고등학교 말기 '과수원집 딸내미 집 습격 사건'의 당사자인 국민교육헌장의 안부가 궁금했다.

'과수원집 딸내미 집 습격 사건'은 국민교육헌장이 변심한 여자 친구의 집을 느닷없이 찾아갔다가 봉변을 당한 사건이다. 자신이 먼저 다가와놓고선 갑자기 이별을 통보한 여자 친구가 야속했던 국민교육헌장이 야밤에 못하는 소주를 마시고, 무작정 과수원을 운영하던 여자 친구의 집을 찾아갔다가 여자 친구를 만나기는커녕 그녀의 아버지에게 현장에서 검거되었는데, 주범인 국민교육헌장뿐만 아니라 그저 구경 갔던 나를 비롯한 몇몇 친구까지 과수원집 딸의 아버지에게 몽둥이찜질을 당한 전대미문의 사건이었다.

나는 시골 쥐가 서울 쥐를 방문하는 기분으로 부산행 열차에 몸을 실었다. 그리고 대도시에서 소시민으로 어렵게 살아가는 친구 녀석을 위로하는 말씀을 미리 구상도 해두었다. 부산역에 마중 나온 녀석이 건네준 명함을 받자마자 그 격려사를 꺼낼 필요가 없다는 것을 직감했다. 지금도 그렇지만 시골 학교 선생이 무슨 명함이 있겠는가. 그런데 국민교육헌장은 이름도 '간지'가 흐르는 'P&O Swire'라는 외국계 해운업체의 일원임을 그의 반짝이는 명함이 내게 넌지시 알려주고 있었다. 이제 위로사와 격려사를 발표해야 할 사람은 내가 아닌 그 녀석이었다. IMF가 터지려면 아직 한참 남은 그 시절, 시골 학교 선생은 결코 어디 가서 자랑할 만한 직업은 아니었다.

그의 간지는 계속 이어졌다. 시골 선생은 호기롭게 택시를 타려고 했는데 국민교육헌장은 턱으로 자신의 자가용을 가리켰다. 당시만 해도 나는 건강을 위해서가 아닌, 돈이 없어서 자전거로 시골길을 누비면서 출퇴근을 했는데 국민교육헌장은 언감생심 내가 꿈도 꾸지 못하는 좋은 차를 내 눈앞에 들이밀었다. 새 차를 사서 당분간 라면만 먹고 살아야 한다는 녀석의 너스레가 전혀 위로되지 않았다. 이제야 하는 말이지만 그 차가 내 것이라면 평생을 라면만 먹고 살아도 되겠다 싶었다.

녀석이 자신의 사무실을 구경시켜주겠다고 했다. 한쪽 창가로는 부산의 앞바다가, 반대쪽으로는 도심의 빌딩숲이 보였다. 이 대목에서 나는 그에게 완전히 굴복했다. 당시 내가 근무하던 중학교의 화장실이 떠올랐기 때문이다. 사무실에서 몇 걸음

만 옮겨도 바다와 빌딩숲을 동시에 감상할 수 있는 국민교육헌장의 사무실과는 달리, 시골중학교의 화장실은 재래식이었다. 남녀별로 각각 다섯 개의 호실이 있었는데, 믿지 못하겠지만 대변이 다운로드되면 그 파장으로 파편이 바운스되어 되돌아오는 경우가 많았다. 물론 숙달이 된 우리 학교 직원은 파장을 줄이기 위해서 괄약근의 유연성을 최대한 활용하여 크기를 분산해서 투하하든가, 순발력이 좋은 젊은 직원은 투하 후 잽싸게 엉덩이의 위치를 옆으로 이동시키는 방법으로 집에 가서 속옷과 바지를 갈아입고 와야 하는 낭패를 면하곤 했다.

시골 학교의 그것과는 천양지차인 국민교육헌장의 멋진 사무실을 구경하고 나니, 이젠 제 친구를 데리고 나온다고 한다. 친구면 으레 같은 남자라고 본능적으로 생각하는 나와 달리, 그가 데려온 친구는 웬 아리따운 처자였다. 대학 동기라고 하는데 서로를 대하는 모습이 스스럼없었다. 더욱 문화충격이었던 것은 국민교육헌장의 집에 놀러 가자는 것이 아닌가. 당시까지도 여자라고는 손 한번 잡아보고 키스 한번 해본 것이 교류의 전부였던 내게는 놀라운 일이었는데, 국민교육헌장은 우리를 자신의 집으로 데려간 것은 물론 장롱을 뒤적거리더니 웬 비디오테이프를 꺼냈다.

〈마루치 아라치〉라니, 이게 부산 아이들의 트렌드인가 싶어서 눈을 껌벅거리고 있는데 동기라는 처자의 말이 가관이었다. 낯빛 하나 변하지 않고 "야동 테이프가 보통 제목이 저렇게 만화영화처럼 적혀 있기 마련이지"라고 한다. 물론 국민교육헌장은 "그렇지"라고 대꾸하며 능숙하게 〈마루치 아라치〉를 상영하려 했다. 이제 겨우 〈어깨동무〉를 따라잡았는데 국민교육헌장은 '야동'이라는 신세계를 개척하고 있었다.

지금까지 기술한 게 전부가 아니다. 당시까지도 '모태솔로'를 무슨 신앙이나 되는 것처럼 본의 아니게 소중히 고수하던 나와는 달리, 그는 일곱 살쯤 어린 여자 친구를 데리고 부산을 떠나는 나를 배웅해주었다. 이제 다시는 국민교육헌장을 앞서가기는 글렀다는 비참함으로 고향에 돌아온 나는 그와 아주 오랫동안 다시 만나지 못했다.

그러다가 드디어 국민교육헌장이 나의 손아귀에 들어왔다. 국민교육헌장과 〈어깨동무〉에서 시작되어 무려 30년 이상 유지되어온 그의 우위를 훌훌 털어버릴 기회였다. 그를 어떻게 묘사하든 그건 전적으로 나의 손가락 놀림에 달려 있었다. 그는 내 글의 소재에 지나지 않았다. 그런데 불행하게도 나의 신선놀음 또한 오래가지 않았다. 그가 온라인 언론에 실린 나의 글을 보게 된 것이다. 그것도 자신이 소재가 된 글을 말이다. 그것까지는 괜찮았다. 그런데 그의 댓글 중 한 구절이 내 시선을 고정시켰다. '제네바'에서 내 글을 읽고 있단다. 무려 제, 네, 바. 출장으로 간 것 같은데, 기껏해야 학교 다니기 싫다는 학생 쫓아서 산골로 다니는 내 출장과는 차원이 다른 제네바 출장이었다. 이제 국민교육헌장을 앞서가겠다는 생각은 영원히 폐기 처분한다. 구구단을 못 외워 나머지 공부를 한 나와 달리 순식간에 국민교육헌장을 암송한 그때부터 그는 나와 차원이 다른 인물이었다.

지중해의 라이벌

나와 국민교육헌장이 경상북도 오지의 한 마을의 라이벌이었다면, 그리스와 로마는 그 옛날 전 세계의 중심이었던 지중해의 라이벌이었다. 민주주의라는 거대한 가치에서부터 사우나라는 실생활에 이르기까지 현재의 우리 생활에 큰 영향을 미치고 있는 그리스와 로마에 대해 명확하고 올바르게 인식하도록 돕는 책이 있다. 내가 가장 좋아하는 문고판 시리즈인 '살림지식총서' 116번째 일원인 『그리스와 로마』(살림, 2004)다.

'살림지식총서'는 그 소재의 독특함과 부담 없는 분량이 매력인데 김덕수가 쓴 『그리스와 로마』는 다소 거시적인 주제를 담기는 했으나 읽을 만한 가치가 충분한 책이다. 우리에게 그리스와 로마가 현재의 실생활에도 큰 영향을 주고 있는 주요한 원류라는 사실을 명확히 알려주기 때문이다. 작지만 알찬 서양사 입문서이기도 하다. 그러나 단순히 기나긴 그리스와 로마의 역사를 짧게 요약한 책은 아니다. 그리스 식 알파벳이 지식의 대중화를 가져왔다는, 다른 역사서에서 간과하고 있는 중요한 통찰을 서두에서 강조하고 있다는 사실만으로도 이 책이 단지 서양 역사의 입문서나 요약서에 머무르지 않는다고 생각한다.

주로 해상 활동과 식민지 활동을 통해서 지중해에서의 세를 확산한 그리스와, 전쟁과 외교로 세력권을 확대한 로마의 비교가 이 책의 주를 이루는데 이 책이 지닌 차별성은 고대에도 이탈리아라는 나라가 있었다고 생각한다든가, 그리스와 로마가 애초부터 동시대에 존재하면서 라이벌 관계를 형성해나갔다고 생각하는 일반인들의 흔한 오해를 친절히 풀어주는 데 있다. 또한 그리스와 로마가 시대를 달리하면서 황금기를 구가했던 지중해의 최종 승자를 신흥 종교였던 기독교로 지목한 점도 일반 독자 입장에서는 이채롭다.

추억은 힘이 세다

고등학교 3학년 시절 한 친구가 여자 친구에게 결별을 통보받았다. 애당초 그 커플은 여자 측의 필요에 의해 급조되었고, 남자 측의 입장에서는 얌전히 공부를 열심히 하고 있는데 '지가 좋다고 쫓아다니기에 사귐을 허락해주었더니' 어느 순간 태도를 돌변한 억울한 상황이었다. 나는 남자 측의 입장을 십분 이해하고 사실임을 확신하는데, 그들이 커플이 되는 온 과정을 목격했고 또 중요한 기여를 했기 때문이다. 일찍이 시골의 초등학교에서 국민교육헌장을 온전히 암송하는 천재성을 보였던 순진한 내 친구는 대학입시를 앞두고 학업에 매진하고 있었다. 내 친구라서 하는 말은 아닌데, 그 아이는 당시까지 이성 교제라고는 해본 적이 없는 완전무결한 모태솔로를 지켜나가고 있었다. 그런데 그 여학생은 내 친구에게 다가오기 전에 또 다른 나의 친구와 거의 3년 동안 '세기의 사랑'을 했었다.

그 이야기까지 하려면 아무래도 중편소설 정도의 분량이 필요하니 생략한다. 결론적으로 세기의 사랑을 나눈 '나쁜 남자'에게서 결별을 통보받은 그 여자는, 수면제를 다량 보유하고 있으며 모일 모시까지 교문 앞으로 나와서 자기를 만나주지 않으면 자결하겠다는 묵직한 돌직구로 오랜 연인의 이별 통보에 저항했으나, 이미 또 다른 사랑에 빠진, 나쁜 남자이기도 하고 무심한 남자이기도 한 내 친구의 마음을 돌리지는 못했다.

연애가 뭐길래

'교문 앞 자결 사건'이 발생한 지 여러 날 후 그 여자는 '이별의 아픔을 잊으려면 또 다른 사랑을 시작하는 것이 최선'이라는 사랑의 공식에 충실해서 국민교육헌장을 암기한 순진한 내 친구에게 도저히 거절할 수 없는 접근을 자행하였다. 공부도 잘하고 몸매도 날씬하며 성격도 사근사근한 그 여자는 얼굴마저 예뺐다.

전 '남친'인 나쁜 남자와 화기애애한 시절을 보낼 때 과수원집 딸내미답게 그날 아침 직접 수확한 과일 바구니를 내게 건네주며 '딴 놈은 주지 말고 너만 먹어'라는 메시지도 함께 전달해 달라는 부탁을 한 것처럼, 현 남친이 된 국민교육헌장에게도 '노트에 매일 일기를 쓴 다음 대입 시험을 마치면 서로의 일기장을 교환해서 읽자'는 제안을 나를 통해 전했다.

19년 동안 고고하게 모태솔로를 지키며 학문에 정진하던 나의 친구 국민교육헌장은 졸지에 당돌한 기생 황진이의 유혹에 넘어간 지족 선사가 되어버렸다. 그는 금방 그녀와 사랑에 빠졌는데, 어이없게도 그녀가 '지가 먼저 꼬리를 쳐놓고선' 우리 이제 그만 만나자고 이별을 선언한 것이다. 과수원집 딸내미의 어이없는 행각에 분개한 국민교육헌장은 디온 워릭의 〈결코 다시는 사랑하지 않겠어 I'll Never Fall In Love Again〉이라는 팝송을 무한 반복으로 들으며 밤낮을 지새웠다.

그러길 열흘쯤 지났다. 어느 날 방과 후 국민교육헌장이 나에게 "사는 게 너무 괴로워서 그러니" 소주 한잔을 하자고 제의했다. 그간의 사정을 너무 잘 아는지라 대입 시험을 불과 한 달 앞두고 있었지만 다른 친구 두어 놈과 동행해 학교 앞 중국집 골방으로 향했다. 그러면 안 되는데 우리는 소주를 마구 들이켰다.

국민교육헌장은 과수원집 딸내미가 자신을 애초부터 이용하려는 의도였다고 확신했고 "다시 나를 사랑하게 만들어놓은 다음에 그녀에게 이별을 통보하겠다"라는 원대한 포부를 밝혔다. 이미 술에 반쯤 취해서 몽롱한 상태였던 우리는 그의 선언을 적극적으로 지지했고, 필요하다면 그 어떤 협력도 아끼지 않겠다고 말했다. 우리의 맹렬한 지지에 잔뜩 고무된 국민교육헌장은 자신의 대업을 실행하기 전에 과수원집 딸내미의 부적절한 행실을 직접 만나서 따지겠다고 했다.

이미 대업의 적극적인 지지자이자 조력자가 되기로 맹세한 우리는 그의 결단에 박수를 쳐주었다. 날은 어두워서 컴컴한데 국민교육헌장은 정말 과수원집 딸내미의 집으로 길을 나섰다. 좌우로 도열한 지지자들의 박수를 받으면서 그는 기운차게 중국집 골방의 문을 박차고 길을 떠났는데, 남아 있는 우리는 은근히 뒤탈이 무서워졌다.

금방 그의 뒤를 쫓아갔다. 과수원집 딸내미의 집으로 향하는 길은 멀고도 험했다. 간신히 그녀의 집 앞에 도착하자 국민교육헌장과 과수원집 딸내미 부친 되시는 분의 언쟁 소리가 집 밖으로까지 우렁차게 새어 나왔다. 가만히 들어보니 국민교육헌장은 위풍당당하게 그 집의 대문을 힘껏 열어젖히고 입장했는데, 물론 과수원집 딸내미에게 이별 선고의 부당함을 따지기도 전에

그녀의 부친과 조우해버린 것이다. 두 사람의 언쟁은 치열했고 논리적이었다. 그녀의 부친이 국민교육헌장에게 "너 때문에 딸아이의 성적이 내려가면 어떡할 테냐"라고 따지면, 그는 지난 3년간 학기별 평점이라는 객관적인 근거 자료를 내세워 "손해를 보면 내가 본다"라고 맞대응하는 식이었다.

기가 막힌 상황에 처한 과수원집 아저씨는 급기야 교무실에 전화를 걸어서 "불한당 같은 놈"의 만행을 숙직 선생님께 알렸다. 분노한 아저씨가 우리의 친구 국민교육헌장의 멱살을 쥐고 마당으로 나오는 소리가 들렸을 때, 나와 동행했던 친구 놈들은 누가 먼저랄 것도 없이 사방으로 도망을 쳤다. 그러나 나는 굳건히 그녀의 대문 앞을 고수했다. 국민교육헌장과의 의리도 의리이거니와 맨몸이었던 다른 아이들과는 달리, 나는 불과 며칠 전에 장만한 신상 자전거가 곁에 있었기 때문이다.

술에 취한 상태의 나는 칠흑 같은 어두움 속에서 폭이 30센티가 될 듯 말 듯한 농로를 따라서 자전거와 함께 도망칠 자신이 없었다. 밀려오는 적군에 맞서 홀로 성을 지키는 졸개의 신세가 된 나는 과수원집 아저씨의 호랑이도 때려잡을 기세의 시야에 포착되었다. 불한당이 한 놈이 아닌 협력자가 있었다는 새로운 팩트를 접한 아저씨는 맨손으로 응징하기에는 뭔가 부족하다는 생각이 퍼뜩 들었는지, 고개를 이리저리 돌려 마침내 나를 처벌할 도구를 발견하셨다.

그가 급하게 들고 온 도구는 Y 자 모양의 '콩나물시루 받침대'였다. 그 도구로 아저씨는 V 부분의 정중앙에 나의 목을 몰아넣었다. 물론 나는 "저는 아무 죄가 없어요"라고 말하려고 했지만 불행하게도 내 입 밖으로 나올 수 있었던 말은 "저는"이 전부였다. 내 짧은 혀의 놀림보다는 우악스러운 과수원집 아저씨의 충실한 도구인 Y 자형 콩나물시루 받침대의 진격이 훨씬 빨랐기 때문이다. 그리고 나의 처절한 변명 대신 늦가을 밤의 허공을 가른 것은 아저씨의 굵직한 그리고 비분강개한 "다 똑같은 놈들이야"라는 말이었다.

그 순간에 전화를 받은 숙직 선생님이 도착하였다. 일단은 콩나물시루 받침대의 압박에서 벗어난 내가 만난 것은 해방과 억울함의 해소가 아니었고, 숙직 선생님께 사정없이 얻어맞는 국민교육헌장의 비참한 꼬꾸라짐이었다. 저 녀석 다음의 희생양이 바로 나라는 것을 너무나도 잘 아는지라 그 순간의 두려움은 방금 전까지 당한 목 조임의 고통에 결코 뒤지지 않았다. 정신을 차리고 보니 그 숙직 교사는 1학년 때의 담임선생님이셨다. 그분의 전통적인 매뉴얼에 입각해서 일단 복부를 가격당한 나는 허리를 구부릴 수밖에 없었고, 다음 단계를 차곡차곡 거치면서 불한당 짓을 한 대가를 치렀다.

일단 교무실에서 대기하라는 지시를 받고 학교로 향했다. 나의 몸은 만신창이가 되었지만 나의 세심한 배려 덕택에 자전거는 무사했다. 돌아오는 길에 먼저 도망갔던 동지들을 만났는데, 그들은 모두 도랑에 빠져서 허우적거리고 있었다. 나는 친절히 그들을 모두 구조했고, 교무실로 안내해서 함께 고통을 분담했다.

추억의 현장에 함께하다

대입 시험을 그럭저럭 치른 국민교육헌장은 부산으로, 과수원집 딸내미는 대구를 거쳐서 지금은 서울에 산다. 그들이 그때의 악연을 원만히 잘 풀었는지는 모르겠으나, 당사자도 아닌 애먼 그 선생님과 나는 직장 동료로 다시 만나 무려 20년 가까이를 어색한 동료로 지내야만 했다. 선생님은 우리가 동료로 지내는 동안 단 한 번도 그때 그 일을 입밖에 내지 않았다. 나로서는 그 점이 고맙고 또 고마웠다.

사람에게 친구가 그토록 소중한 것은 추억의 현장에 함께 있었기 때문이다. 그러나 『에이드리언 몰의 비밀일기』(수 타운센드 지음, 다산북스, 2014)는 굳이 친구가 아니어도 추억의 현장에 함께했다는 공감을 느낄 수도 있다는 사실을 알려주었다. 『에이드리언 몰의 비밀일기』는 과거에 국내에 『비밀일기』라는 이름으로 출간되었고 베스트셀러가 된 이력이 있다. 사회 초년병 시절 읽었던 『비밀일기』의 추억이 떠올라 새로 출간된 『에이드리언 몰의 비밀일기』를 다시 읽으면서 나는 재미난 사실을 한 가지 발견했다.

비밀일기의 화자인 에이드리언 몰과 내가 거의 동년배라는 사실이다. 일기 속에 등장하는 '찰스 황태자와 다이애나비의 결혼식'을 구경하는 대목을 읽다가 동경심을 가득 담아 그들의 결혼식을 텔레비전으로 구경했던 기억이 생생하게 되살아났다. 영국과 멀리 떨어진 한국의 시골 마을에서 흑백텔레비전으로 지켜보았던 황태자의 결혼식이 마치 어제 일처럼 눈앞에 선했다.

일기의 주인공이 나와 친구뻘이고 몇 가지 역사적 사건을 비슷한 시기에 겪었다는 동료 의식 때문인지 『에이드리언 몰의 비밀일기』는 나에게 추억을 되살리는 책으로 여겨지지만, 대부분의 독자에겐 전혀 다른 의미가 있는 책이다. 많은 독자에게 이 책은 자신의 성기 크기를 수시로 체크하고 여자 친구와 스킨십을 하고 싶어서 안달이지만 한편으로는 '발견되지 않은 지성인'임을 자처하며 방송국에 끊임없이 자작시를 투고하는, 감수성 예민한 소년이 쓴 '아주 웃기는' 일기로 읽힌다.

『에이드리언 몰의 비밀일기』는 당시 영국의 수상이었던 마거릿 대처 수상이 주도한 공기업의 민영화로 대표되는 신자유주의 정책의 부작용으로 고통받았던 영국 서민의 삶이 '알려지지 않은 지성인'의 눈으로 여과 없이 묘사된 사회비판서이기도 하다. 실직, 이혼, 학교 폭력, 외도, 병든 독거노인. 이 모든 사회 문제를 시종일관 유머러스한 필체로 담아내 독자들의 입꼬리를 올라가게 만든다.

“

외로운 정미소 왕자님과 서양사 바로 세우기

제자 녀석이 장가를 간다고 연락이 왔다. 그 녀석의 학교생활을 떠올려볼 때 제대로 사회인 구실을 하면 다행이겠다 싶었는데 그런 녀석과 선뜻 결혼하겠다는 여자가 있다니 다행스러운 일이다. 지금도 생각하면 우스운 일인데, 나는 그 아이가 우리 학교에 입학한 지 오래되지 않았을 때는 굉장한 모범생인 것으로 착각했다. 사사건건 담임선생을 찾아와 교실에서 있었던 일을 보고하고, 학교의 이런저런 행사에 대해 질문을 던지는가 하면, 심지어는 수업 때 배운 내용 중에 잘 모르는 것을 질문하는 경우가 있었기 때문이다. 영락없는 모범생의 아이콘이었다. 내가 가르치는 과목이 영어이기 때문인지 워낙에 반응이 없는 아이들을 지도하다 보니 선생을 자주 찾아오는 그 녀석이 대견스러웠다.

더구나 생긴 것도 눈이 또랑또랑하니 '모범생'의 틀을 갖추고 있었다. 그 녀석에 대한 나의 평가가 큰 오산이었다는 것을 깨닫는 데는 대략 한 달이 걸리지 않았다. 알고 보니 그 아이는 학습능력이 심각하게 부족했고, 위대한 고자질쟁이였다. 명색이 중학생이라는 놈이 유치원생 수준의 행동 양식을 보이고 있었다. 티끌만큼의 불만도 참지 못하고 담임선생에게 쪼르르 달려와 자신이 얼마나 억울한 처지에 놓여 있는지를 신랄하고도 집요하게 고자질하는데 그 정도가 얼마나 심했는지 담임선생이 업무를 못 볼 지경이었다.

그나마 다행스러웠던 것은 녀석의 부모님이 정미소를 경영하여 경제적으로 제법 풍요로웠던 것인데, 녀석은 세상에 무슨 불만이 그리 많은지 사사건건 트집을 잡고 오만 인상을 써가면서 담임선생을 괴롭히니 그를 둘러싼 모든 사람의 미움을 톡톡히 사기에 조금도 부족함이 없었다. 모범생의 아이콘이 아닌 골칫덩어리의 표상이었던 게다. 그 녀석은 자신의 주변 사람들이 모두 자기를 괴롭히는 '악의 무리'라고 생각하는 것은 아닌가 싶을 정도로 자신을 향한 그 어떠한 조치, 언행도 곱게 받아들이지 않았다. 그 당시 영어라는 재미없는 과목을 가르치고 알파벳을 아직 깨우치지 못한 자신을 감히 '교정'하려던 나는 당연히 '악의 축'으로 분류됐으리라.

어느 오후의 추격전

어느 나른한 오후, 오랜만에 교육에 대한 열정이 샘솟아 피를 토하며 수업을 하는데 문제의 '외로운 정미소 왕자님'께서 심기가 불편한지 혼자서 욕설을 섞어가며 구시렁거렸다. 상대가 상대인지라 세상에서 가장 인자한 선생 코스프레를 하면서 "무엇이 너의 심기를 그토록 불편하게 만들었니?"라고 물었는데 대답을 들어보니 얼토당토않은 헛소리를 한다. 게다가 그것도 모자라 가만히 있는 나에게 마구 화를 내지 않는가 말이다. 외로운 정미소 왕자님을 향한 나의 배려심은 순식간에 소진되었고 벌컥 그 녀석을 나무라고 말았다. 절대로 하지 말아야 할 행동을 해버린 것이다.

의협심이 충만해 부당함을 참지 못하는 그 녀석께서는 자리를 박차고 일어나 "나 집으로 돌아갈래"라고 선언하였다. 마치 억울하게 삼진을 먹고 들어가는 타자가 심판에게 윽박지르듯이 나를 향해서 불만을 토로하는 녀석을 일단 교실에 붙잡아두기 위해서 녀석에게 다가가는데 녀석이 전광석화처럼 교실을 박차고 냅다 도망치는 것이 아닌가. 졸지에 사냥꾼이 된 나는 바로 녀석을 뒤쫓았다. 복도를 지나 건물을 나간 그 녀석은 운동장으로 도망쳤다. 교실의 다른 아이들은 창밖을 향해 나를 열렬히 응원하기 시작했다. 그런데 불행하게도 나의 거북이걸음으로는 비호같은 그 녀석을 체포할 수가 없었다. 초등학교부터 고등학교를 졸업하는 그날까지 '달리기'라는 종목에서 꼴찌에서 단 한 번도 벗어날 수 없었던 태생적 한계를 여지없이 드러낸 것이다.

불굴의 체력을 가진 '외로운 정미소의 왕자님'은 급기야 학교 뒤 야산으로 달아나기 시작했다. 일단 레이스를 시작했으니 녀석을 체포하긴 해야 하는데 마음뿐이고, 몸이 따라주지 않았다. 아들 사랑이 극진한 녀석의 부모님이 온갖 산해진미와 보약을 투입한 것이 분명했다. 젖 먹던 힘까지 다 동원해도 도무지 녀석과의 간격이 줄어들지 않으니 말이다. 마치 열심히 달리고 싶은데 다리는 전혀 움직이지 않는 어릴 적 꿈이 현실화된 것 같았다. 경사가 40도가 넘는 야산을 이 녀석은 마치 평지처럼 달리는데 나는 가슴이 터져서 미칠 지경이었다. 조금 전까지 푸르고 맑았던 하늘이 갑자기 노란색으로 보이기 시작했다. 교육이고 뭐고 다 때려치우고 싶어졌다. 이게 뭐하는 짓인가 말이다. 대낮에 '중딩' 녀석과 달리기 경주 질이라니.

공황 상태가 된 나를 비웃기라도 하듯 외로운 정미소의 왕자님께서는 친히 고개를 돌려 나와의 간격을 확인하며, 잡힐 듯 말 듯 페이스를 조절하는 여유까지 발휘하셨다. 모든 것을 다 내려놓고 주저앉고 싶어졌다. 그래도 패배의 모습을 보여줄 수 없으니 녀석에게 잔소리를 내뱉으며 '특별히 봐준다'는 식의 프레임을 형성하기 시작했다. 멀어져만 가는 그 녀석의 뒤통수를 향해서 혼잣말처럼 꾸지람을 했다. 일이 이렇게 되고 보니 나의 레이스를 지켜보는 수백 개의 눈이 있는데 이대로 패배자의 모습을 한 채 되돌아갈 수는 없었다. 어찌 되었든 제자의 비행을 엄중히 나무라고 관용을 베풀어 녀석의 체면을 봐서 교실에 다시 붙잡혀 오는 것만은 면하게 해준 너그러운 미래 스승의 모습을 보여주고 싶었다. 추격은 하되 체포는 하지 않는다는 신조를 애당초 염두에 둔 사람처럼 먼지만 뽀얗게 남기고 사라져가는 그 녀석을 이쯤에서 놔주기로 했다. 추격의 고삐를 늦추었고 가쁜 숨을 추스르기 시작했다.

그런데 기적이 일어났다. 산등성이를 넘어서고 모두의 시야에서 사라진 둘만의 무대에 이르자 녀석이 달리기를 멈추고 순순히 내 앞으로 고개를 숙이고 들어오는 것이 아닌가. 중생의 큰 죄를 사해주겠다는 성인의 모습을 한 그 녀석은 내게 이 말을 던졌다. "내가 선생님이니까 특별히 잡혀주는 겁니다". 다행히 치욕스러운 역사의 현장을 우리 둘 말고는 아무도 목격하지 않았고, 나는 녀석의 신원을 확보해서 나의 사랑스러운 제자들이자, 한낮의 레이스에서 나를 열광적으로 응원한 팬들의 품으로 돌아올 수 있었다. 20년 전의 일이지만 아직도 나에게 순순히 귀순한 그 녀석의 처분이 고맙고 또 고맙다.

동화 속 백마 탄 왕자들은 왜 그토록 떠돌아야 했나

외로운 정미소의 왕자님은 성질 고약한 선생을 피해서 도망다니느라 광야를 달렸는데, 어릴 적 재미나게 읽던 동화 속의 백마 탄 왕자들은 왜 그토록 떠돌아 다녀야 했는지에 대한 정답을 알려주는 책이 있다. 교사 초년병 시절 나는 외로운 정미소의 왕자님처럼 공부에는 도통 관심이 없고 수업 중에 산만한 학생들도 재미나게 들을 수 있는 사실들을 들려주곤 했다. '을씨년스럽다'라는 말의 어원이라든가, 나폴레옹은 원래 키가 작은 사람이 아니었다는 등의, 이런저런 책에서 읽은 잡다한 내용을 긁어모아서 교과서에 메모해두었다가 아이들에게 수업 중간에 들려주었다. 역사 에세이를 주로 쓰는 박신영의 『백마 탄 왕자들은 왜 그렇게 떠돌아다닐까』(페이퍼로드, 2013)를 얼핏 보고 나는 '지루한

영어 시간에 짬짬이 들려주면 아이들의 눈길을 한 번이라도 끌 수 있는 재미나고 단편적인 역사적 사실을 모은 책'이라고 생각했다.

이 책에는 듣는 사람에게서 "와, 정말 박학다식하시네요"라는 찬사를 받을 만한, 새롭고 신기한 역사적 사실이 가득하다. 그렇다고 해서 단편적이고 흥미 위주의 지식이나 사실을 대충 엮은 책은 아니다. 서양의 동화와 소설과 관련된 숨어 있는 역사적 사실을 모은 책이 아니라 '동화를 통해 제대로 공부하는 서양사'라는 교과목이 있다면 교과서로 삼아도 좋을 책이다.

『장발장』이라는 제목으로 더 많이 알려진 소설 『레 미제라블』에 자세히 묘사된 프랑스 파리의 하수도가 실은 전염병을 감소시킴으로써 평균수명을 크게 향상한 일등공신이라는 사실이라든가, 셰익스피어의 희곡 『베니스의 상인』에는 베네치아의 상인 안토니오가 단지 배 한 척이 침몰했다고 해서 전 재산을 탕진할 위기에 처하는 장면이 나오지만 베네치아의 상인은 일찌감치 "달걀을 한 바구니에 담지 마라"라는 현대식 투자 원칙을 준수하고 있던 터라 그럴 가능성은 없었다는 사실 등은 일종의

'재미난 사실'의 범주에 포함될 수 있겠다. 그러나 어린 시절부터 동화 속에 감추인 이면의 역사에 골몰해온 저자의 이력 덕분인지, 이 책은 동화로 포장되고 왜곡된 역사 인식을 바로잡는 역할을 하기에 부족함이 없다. 『빨간 머리 앤』 『베니스의 상인』 『소공자』 『마지막 수업』 『큰 바위 얼굴』 등 우리가 그저 재미있는 동화로만 알고 있는 책을 통해 주입된 강자의 논리와 입장을 대변한 역사 인식을 바른 역사 인식으로 바꿔주는 역할을 충실히 하고 있다.

'동화로 주입된 잘못된 역사 인식을 바로잡는 데 골몰하고 있는' 작가 박신영의 집요한 탐구로 서양사 바로 세우기가 이루어지는 셈이다. 일례로 모국어를 잃은 슬픔을 다룬 『마지막 수업』은 사실 강자가 약자 코스프레를 한 것에 지나지 않으며 『베니스의 상인』은 당시 핍박받는 존재였고 생계를 위해 할 만한 일이 '고리대금업'밖에 없던 만만한 유대인을 두 번 죽이는 불순한 의도의 소산이었다는 것을 이 책을 통해서 알게 된다. 『백마 탄 왕자들은 왜 그렇게 떠돌아다닐까』를 읽는다는 것은 그저 맛있는 산나물이라고 생각하고 캤는데 수백 년 묵은 산삼임을 알게 되는 경험에 비교할 만하다.

“

한의원 이야기

요즘 몸이 좋지 않아 한의원에 자주 다닌다. 양의원에서 치료를 받고 약을 지어 먹는 것보다 한의원에서 침을 맞는 게 좋다. 즐겨 가는 한의원은 원장이 아파트 이웃이고 테니스 친구인 터라 친근해서 더욱 좋다. 나보다 한 살 아래인 이 양반의 인상은 잘생긴 도시 남자인데, 말투나 성향은 시골의 푸근한 아저씨다. 그리고 겉보기와는 달리 성격이 급해서, 10년 전 나와 함께 주식을 말아먹은 아픈 상처를 공유한 자이기도 하다. 한번은 방학이라 한가한 틈을 타 우리가 함께 관심이 있던, 거래량이 아주 적은 주식 종목을 보고 있었다. 그런데 누군가 한순간에 몇천 주씩 쓸어 담는 것 아닌가. 나는 바로 한의원 원장에게 전화를 했다. "조금 전 주문한 사람, 당신이지?" 그러니 그가 본인이 맞는다고 실토하는 게 아닌가.

그와 동고동락하는 간호사 처자는 "침 맞으실게요" "누우실게요" "앉으실게요"를 남발한다. 요즘 유행하는 "~게요" 체의 애용자다. 그녀는 상사를 닮아서인지 ARS처럼 꼭 필요한 말만 하지 곰살맞은 인사치레 따위는 하지 않는다. 이틀 전에도 한의원에 들러 서너 번의 "~게요"를 듣고 드디어 침을 맞는데 한의사 양반이 매일 오지 말고 하루씩 쉬어가면서 오라고 한다. 체력이 좋은 편이 아니니 쉬어가면서 침을 맞으라는 소리 같은데 매일 침 맞는 즐거움으로 사는 나로서는 청천벽력 같은 소리였다.

다음 날 퇴근을 앞두고 고민을 했다. 오지 말라는 병원에 염치 불고하고 들이닥치기가 미안해졌다. 더구나 전날 간호사 양반이 "옷 벗으실게요"라고 했는데 웃옷이 아닌 바지를 내려버린 사건까지 있었다. 당황한 나는 바지를 얼른 올리고 웃옷을 벗었는데, 마침 그날 입은 티셔츠가 타이트해서 러닝셔츠도 함께 홀라당 벗겨져버린 것이 아닌가. 결국 의도치 않게 젖꼭지까지 노출하고야 말았다. 괜히 민망했다. 졸지에 노출증 환자가 돼버린 셈 아닌가.

더욱이 언젠가 그 한의사 양반한테 이런 소릴 들었다. 한의사가 '침'으로 유명해지면 큰돈을 벌지 못한단다. 결국 한의사 입장에서는 돈도 안 되는 손님이 매일 찾아와 귀찮을 수도 있겠다 싶어서 집 앞 다른 한의원을 찾기로 했다.

사실 아무 죄도 없는 나를 나쁜 놈들이 괴롭히는데

3대째 한의원을 하고 있다는 추측을 자연스럽게 하게 만드는 상호를 가진 그 한의원은 일단 병원의 시설이 친구의 그것과는 차원이 달랐다. 간호사의 안내를 받아 원장실로 들어갔는데 나는 무슨 회사의 CEO 집무실인 줄 알았다. 그만큼 원장실이 크고 화려했다. 간단하게 증상을 이야기하고 침만 맞고 가려 했으나 허경영을 빼닮은 원장은 스트레스의 원인이 무엇인지 꼬치꼬치 캐묻는다.

"바쁘신 원장 선생님께 시시콜콜히 이야기해서 귀한 시간을 뺏을 수는 없다"고 항변했더니 "전혀 개의치 말고 소상히" 아뢰라고 하신다. 마지못해 "사실 아무 죄도 없는 나를 나쁜 놈들이 괴롭히는데"라고 말을 꺼내자마자 허경영 닮은 원장은 "여보시오, 인간관계에서 그런 법은 없소. 당신도 잘못한 게 있잖아. 그걸 당신도 잘 알고 있고!"라고 추상같은 호령을 내리신다. 어쩔 수 없이 내 잘못을 생각해냈고 고해성사를 했다. 내가 지금 만나고 있는 분이 한의사가 아니고 지엄한 신부님인 것 같은 착각이 들었다.

그 순간부터 원장은 나에게 '인간관계'와 '겉과 속이 다르지 않은 진솔한 삶'에 대해 강연을 시작했다. 청중이 오직 한 명인 그 강연은 총 43분 25초간 진행되었고 내용은 주옥같았다. 나는 그분의 설파를 듣고 감동의 눈물을 흘렸으며, 그동안 내가 얼마나 어리석은 삶을 살아왔는지 깊게 반성하고 후회했다. 그분의 강연은 하도 감명 깊고 울림이 커서, 책으로 낸다면 단군 이래 최대의 불황에 시달리는 출판계를 '단 한 번에' 회생시킬 수 있는 초대형 인기 도서가 될 것이 분명했다. 그동안 무려 네 권의 안 팔리는 책을 양산한 삼류 저자인 나는 천지가 개벽하는 듯한 충격을 받았다.

그분의 탁월한 설법을 머릿속에 담아두려고 필사적으로 노력했다. 머리에 담아두었다가 글로 옮기기만 하면 세상에 없던 초대형 자기계발서가 될 것이 자명했다. 저작권이 좀 걱정되기는 했지만, 그 귀하디귀한 말들과 처세술이 그분의 것이라는 증거는 없었다. 세상일이 다 그렇지 않겠는가. 초대형 인기 도서는 생각하는 자가 아닌 쓰는 자의 몫이다. 길었던 강연이 끝나고 명강사님은 내게 질문이 있냐고 하문하셨다. 질문이 있을 리가 있겠는가. 설사 궁금한 것이 있다 해도 묻지 않았을 터였다. 그 순간 중요한 것은 내 머릿속에 들어온 그분의 처세술과 삶의 지혜를 도망치지 않게 잡아두는 것이지, 궁금증 따위가 아니었다.

한의사 선생님께서는 당신의 강연에 흡족하셨는지 뿌듯한 표정으로 비장하게 말씀하셨다. 부조리한 삶과 허리까지 빠져 들어간 건강 파멸의 늪에서 당신을 한 방에 치료할 약을 처방하시겠노라고. 약의 가격은 20일치는 20만 원이고, 30일치는 30만 원이라며 내게 선택을 요구하셨다. 아울러 "자유로운 영혼을 지녀 조직 생활에 적응을 잘 못 하는 못난 놈"을 위해 특별히 "아무거나 먹고 싶은 것을 다 먹어가면서 복용해도 좋게" 조제를 했다는 말씀을 하셨다. 그분은 귀한 시간을 쪼개서 내게 금쪽같은 처세술과 건강 유지법을 알려주신 분이다. 옹졸하게 "약 가격을 에누리해줄 의향은 없느냐"고 묻는다거나 "말씀은 고맙지만 한약은 다음에 먹겠다"는 얄팍한 배신을 할 수 없었다. 나는 쿨하게 한 달 치를 조제해달라고 부탁했다.

한의사님은 즉시 "김간(김간호사)"이라고 외치더니 나를 옥죄는 나쁜 병을 '단 한 번에' 해결해줄 약의 처방이 적힌 서류를 건넸다. 확실히 나쁜 병을 '단 한 채'의 보약으로 해결해주는 분답게 간호사를 부르는 호칭도 효율성을 생각하신다. 드디어 내가 기다리던 침술의 시간이 다가왔다. 보기에도 번쩍번쩍한 돌침대

에 "옷을 다 벗고" 누우란다. 조심스럽게 "러닝셔츠도 벗어야 하나요?"라고 물었는데 간호사 양반은 그것까지 다 벗으란다. 돌침대에 눕긴 했는데 간호사가 담요로 나를 똘똘 감기 시작했다. 아내가 딸아이를 위해 호일로 고구마를 싸서 굽던 방식과 똑같았다. 담요로 똘똘 말린 채 돌침대에 눕힌 나는 '호일에 감긴 고구마가 구워지는 과정에 관한 물리적 변화 과정'을 몸소 체험하였다.

한 시간을 훌쩍 넘긴 공정을 모두 거친 나는 약값과 그날의 치료비를 결제해야 했다. 주식을 말아먹은 동지에 대한 미안함과 다음 달 카드값에 대한 압박에 두통이 밀려왔다. 하지만 하버드 대학교의 강연에서도 들을 수 없고, 이 땅의 모든 출판 기획자가 도저히 상상할 수 없는 초대형 베스트셀러를 낼 수 있는 오리지널 아이디어에 비하면 '조족지혈'이라고 자위하면서 "6개월 할부로 해주세요"라고 간호사에게 속삭였다.

만화로 보는 한의학 바이블

잘생긴 도시 남자인데 말투나 성향은 시골의 푸근한 아저씨인 한의사 양반과 나는 테니스 말고도 독서라는 취미를 공유했다. 그와 서점을 같이 다니기도 하고 좋은 책을 서로 추천하기도 했는데 어느 날 서점에서 그가 고른 책을 눈여겨보고 따라 산 책이 청홍출판사에서 2007년에 출간한 '만화로 읽는 중국전통문화 총서' 『황제내경-소문편』과 『황제내경-영추편』(주춘차이 지음)이다. 나는 다분히 독서에서 잡식성이라 다소 고리타분하게 보이는 책에 대해서 거부감이 덜한 데다 한의사는 어떤 책을 읽는지도 궁금했고, 결정적으로는 어려운 한의학 고전을 만화로 볼 수 있다는 점에 구미가 당겼다. 이 책들은 동양의학 이론서 중에서 가장 오래되고 한의학의 바이블처럼 신봉받는 『황제내경』을 쉽게 이해할 수 있게 기획된 만화책이다. 기본적인 한의학 이론과 일반인이 가장 궁금해할 만한 내용으로 구성되어 있는데 문답 형식이라 더욱 이해하기가 편하다.

계절에 따라서 어떻게 질병을 예방해야 하는지, 밤과 낮의 음양의 기운을 어떻게 보호해야 하는지 자세히 설명할 뿐 아니라 작은 우주라고 할 수 있는 인체와 거대한 자연과의 조화를 강조한다. 어찌 보면 의학서라기보다는 '마음 수련법'을 알려주는 책이기도 하다.

어디 그뿐인가. 늙으면 아이를 낳을 수 없는 이유와 같이 우리가 당연하다고 생각해온 문제에 관해서도 친절히 설명한다. 이 책들을 읽고 있노라면 나에게 '인간관계'와 '겉과 속이 다르지 않은 진솔한 삶'을 강의한 한의사 선생님의 치료 방법이 쓸데없는 잡담이 아니고, 실은 한의학 이론에 바탕을 둔 숭고한 치료 행위였음을 인정하게 된다.

이 책들은 인간과 자연과의 조화를 강조한다. 그 이론에 입각한 치료를 하는 그 한의사의 입장에서는 "사실 아무 죄도 없는 나를 나쁜 놈들이 괴롭히는데"라고 하소연하는 내가 어리석어 보였을 것이다. 병이라는 것이 어디 외부의 나쁜 병균이나 적들에게 기습을 당해서 생기는 것이 아니고, 우리 몸속의 기운과 내 마음에서 비롯된 것임을 그는 나에게 일깨워주고 싶었을지도 모른다. 내가 단순히 지겹다고 생각한 그의 강의와 대화를 복기해보니 『황제내경』의 주된 내용, 즉 황제와 당시 천하의 명의인 기백이 대화를 나누는 모습이 어렴풋이 그려진다.

이런 면에서 만화라는 장르는 위대하다. 『만화로 독파하는 신곡』(신원문화사, 2010)이 없었다면 무식한 내가 어떻게 감히 단테의 『신곡』을 읽어보겠다고 시도나 했겠느냐는 것이다. 물론 단테의 신곡을 단지 만화로만 읽는 것은 권하지 않는다. 그러나 원작을 읽기 전에 대강의 배경지식을 알고 싶다거나 원작을 읽고 나서 무슨 내용인지 짐작이 잘 안 되는 경우에는 신원문화사의 '만화세계문학' 시리즈를 읽으면 꽤나 유용하다.

“

용서와 화해

아내와 말다툼을 제법 심하게 했다. 말을 안 나눈 지 사흘째 되는 날이다. 서서히 나의 전투력은 둔화되어가고 왠지 모를 두려움이 싹튼다. 휴면 기간이 오래됐지만 이제 막 분출할 시기가 도래하는 화산 아래에 사는 주민들의 심정이 대충 짐작된다. 불길한 예감은 적중하라고 있는 모양이다. 늦은 오후 살포시 낮잠을 자려던 찰나 직장에 있는 아내에게서 뜬금없는 문자가 왔다. 이메일을 확인해보란다. 두려움이 밀려온다. 아내의 질책이 나날이 진화된 형태로 발전하더니 이제 급기야 이메일로 나를 훈계

하려는 모양이다. 육성보다는 문서가 더 엄중한 충격을 주는 것 같다. 음성은 흘려보내면 그만이지만, 눈으로 스며들어서 마음 속 깊숙이 박히는 문서의 위력은 금방 떨쳐버리기엔 힘겹다.

우리가 화해했다고 생각하지 마

두려운 마음으로 이메일을 열었는데 나의 예상과는 달리 여러 개의 업무 관련 첨부 파일이 주르륵 달려 있었다. 안도의 한숨을 내쉬고 내용을 읽었는데 금방 환호성이 터져 나왔다. 아내가 보낸 이메일은 엄중한 꾸지람이 아니고 사실상 항복 문서나 다름없었다. 무슨 내용인고 하니, 다른 학교가 만든 자료를 참고해서 아내가 근무하는 학교와 관련된 자료를 A4용지 두 장의 분량으로 만들어달란다.

아울러 물경 400쪽에 달하는 참고 자료도 있었다. 그런데 정체를 알 수 없는 파일이 하나 보였다. 다시 긴장감을 가지고 그 문서를 차근차근 살펴보았더니 그 안에는 아내의 고뇌와 분노, 좌절 그리고 체념이 가득 들어 있었다. 그 정체불명의 문서는 말하자면 그 업무를 맡은 아내가 어찌 됐든 자신이 해결해보겠다고 만들어가던 것이었다. 그 문서는 겨우 반쪽 분량에 불과했고, 마지막 문장도 미완성으로 남아 있었다. 아내의 재주로는 그 문서를 완성할 수 없었고, 고민하고 고민하다가 휴전 중인 적군에게 투항한 것이다. 회심의 미소가 절로 나왔다. 아내의 입장에서는 얼마나 굴욕적인 상황인가. 아내가 만들던 문서를 보니 노력은 가상했지만, 그 상태로는 도저히 관리자의 결재를 얻어낼 수 없었다. 그나마 완성조차 하지 못한 상태였다. 이 문서와 싸우면서 아내가 내뱉은 한숨, 탄식, 비분강개를 떠올리니 애처롭기까지 했다. 그 문서에는 아내의 수만 가지 갈등이 고스란히 담겨 있었다.

느긋하게 노트북을 켜고 아내가 죽었다 깨어나도 완성하지 못할 문서를 한 시간 만에 가볍게 해치웠다. 아내가 만들다 포기한 그 문서를 보니 새삼 신혼 시절 내가 아내 생일에 끓였던 미역국이 생각났다. 난생처음으로 미역국을 끓이기로 했다. 마트에 가서 미역 한 봉지를 샀다. 그걸 통째로 큰 냄비에 투하한 후에 냉장고에 있는 각종 재료를 덧붙여서 무조건 끓이기 시작했다. 요리는 그냥 재료를 넣고 끓이기만 하면 된다는 게 그 당시 나의 지론이었다. 거실에서 느긋하게 텔레비전을 보다가 주방의 상황이 예사롭지 않다는 것을 인지하고 가스레인지 앞으로 다가갔다.

그런데 맛있는 미역국을 만들어줄 줄 알았던 냄비가 무척 화를 내고 있었다. 간신히 뚜껑을 열었더니 방금까지 그 얌전하고

다소곳했던 미역이 무서운 폭풍우로 변하고 있었다. 미역은 괴생명체처럼 부글거리며 자신의 몸짓을 불려놓았다. 그리고 나를 향해 으르렁 소리를 냈다. 무서웠다. 책으로는 도저히 이해가 되지 않았던 빅뱅 이론을 체감하는 순간이었다. 괴물처럼 덩치를 키운 미역 덩어리를 나는 어찌하지 못하고 무서워만 하다가 간신히 진압에 성공했다. 괴생명체가 분노를 조금이라도 진정시키기를 기다렸다가 잽싸게 폐기하는 것으로 마무리한 것이다. 말하자면 아내가 작성한 문서는 그날의 그 미역 덩어리와 닮아 있었다. 아내가 포기한 문서를 간단히 완성하고 느긋하게 커피를 한 잔 마시면서 생각에 잠겼다. 그날따라 유난히 커피가 달콤했다.

아내가 측은했지만 나는 아내를 이참에 혼내주고 가장의 권위를 더 높이기로 작정했다. 진작에 완성했지만 한참 뒤에야 완성된 문서를 아내에게 보낸 것이다. 그 이메일에 암시된 나의 메시지는 간단했다. '당신을 구제하기 위해서 내가 이토록 공을 들였다. 당신이 포기한 문서를 완성하는 것으로 이번 전투는 내가 승리한 것이다. 당신이 날고 기어봐야 나의 도움 없이는 살아갈 수가 없다.' 이메일을 보내고 나서 커피를 한 잔 더 마셨다. 커피가 너무 맛나서 견딜 수가 없었다. 평소 책 읽기를 게을리하지 않고, 잡문이나마 꾸준히 글을 쓴 보람이 느껴졌다.

아드레날린이 솟구쳐서 골프 연습장에 갔다. 공이 잘도 맞았다. 불행이 한 가지로만 오지 않는 것처럼 행복도 여러 갈래로 동시에 오는 모양이다. 느긋하게 쉬는데 아내에게서 문자가 왔다. "우리가 화해했다고 생각하지 마." 분노가 차올랐다. 혈압이 오르고 골프채를 다시 잡을 기운도 사라졌다. 그러니까 아내는 자신이 급해서 도움은 받았지만, 우리의 전투는 계속될 것이며 자신이 결코 패장이 아님을 내게 통보한 것이다. 전쟁이라는 게 원래 수단과 방법을 가리지 않는다고 하지만, 도무지 이해가 되지 않는 상황이었다. 승리했다고 기고만장하고 있을 나의 처지를 염려한 아내의 세심한 통보였다. 억울하고 황당하고 괴로운 심정을 가득 담아 문자로 답장했다. "그래, 알겠어."

인생은 아름답고 역사는 발전한다

그렇다. 화해와 용서만큼 인간관계에서 자주 언급되는 말도 드물지만, 그만큼 실천하기 어려운 말도 없다. 김택근이 쓴 김대중 전 대통령 어록 해설집 『기적은 기적처럼 오지 않는다』(메디치미디어, 2016)는 화해와 용서를 실천하기 힘든 사람에게 권할 만하다. 우리 현대사에서 김대중 전 대통령만큼 용서와 화해를 실천한 이도 드물기 때문이다. 요즘 시대의 정의란 '당하면 응징한다'나 '당한 만큼 돌려준다'는 개념으로 자주 사용된다.

미국 메이저리그 야구에서 한 타자가 홈런을 쳤다. 홈런을 친 타자는 자신의 야구 방망이를 멋있게 공중으로 던지고, 자신의 홈런 타구를 예술 작품처럼 감상하면서 아주 천천히 베이스를 돈다. 마치 개선장군처럼 말이다. 그 타자가 다음 타석에 들어섰을 때 투수가 던진 공은 타자의 머리로 향한다. 자칫하면 선수의 생명까지 위협하는 상황이다.

이 타자가 무슨 잘못을 한 것일까. 홈런을 친 것까지야 투수의 입장에서 어쩔 수 없다지만 방망이를 공중으로 획 던지고, 타구를 감상하며 천천히 베이스를 도는 것은 투수를 자극하는 행위다. 상대 선수를 자극하지 않는 것이 야구의 불문율이다. 야구의 불문율을 어겼으니 투수는 그 타자가 다시 타석에 들어섰을 때 일부러 타자의 몸을 향해서 던지는 보복을 한다. 격분한 타자는 투수에게 달려가고, 그 결과는 종종 벤치클리어링(패싸움)으로 이어진다. 이런 패싸움이 몇 번 이어지면 아예 양 팀이 앙숙이 되기도 한다.

운동 경기에서도 철저하게 응징과 보복을 해야만 자신이 생존할 수 있는 현대인에게 용서와 화해는 실천하기 어려운 과제다. 이런 측면에서 김대중 전 대통령이 실천한 화해와 용서는 보통 사람으로서는 감히 흉내 내기 어렵다. 김대중 전 대통령의 어록 중에 "인생은 아름답고, 역사는 발전한다"가 눈에 띈다. "행동하지 않는 양심은 악의 편이다"라는 불멸의 어록에 가려진 숨어 있는 보석이다. 그는 사형선고를 받았었고, 바다에 산 채로 수장될 뻔한 인물이다. 간신히 대통령이 되긴 했지만, 임기의 상당 부분은 IMF 극복이라는 숙제를 해결하는 데 소모되었다. 퇴임 후에는 노무현 대통령의 서거를 맞았고, 몸의 반이 무너진 것 같은 충격을 받았지만 추도사마저 할 수 없었다. "노무현 대통령 당신, 죽어서도 죽지 마십시오"라고 애통해했지만, 동시에 자신의 추도사를 막은 정부에 대해서 '연민의 정'을 느꼈다고 한다.

자세히 살펴보면 그의 일생은 온통 고난과 역경으로 점철되어 있음을 알게 된다. 투쟁과 고난을 극복하고 얻어낸 잠시의 영광은 용서와 화해를 실천하는 것으로 보냈다. '인생은 고난이고, 역사는 퇴보한다'라고 해도 마땅한 상황인데도 그는 "인생은 아름답고, 역사는 발전한다"라고 말했다. 이 어록은 암울한 시대를 위트 있게 표현한 영화 〈인생은 아름다워〉를 떠올리게 한다. 독일군에게 죽음을 당하기 위해 끌려가는 최후의 순간에도 자식을 위해 익살을 부리는 부성애를 김대중 전 대통령의 어록에서 느낀다.

내란음모사건으로 재판을 받고 최종 판결을 받을 때 재판장의 입술 모양이 옆으로 찢어지면 '사', 사형이고 앞으로 나오면 '무', 무기징역이라며 재판장의 입술만을 뚫어지게 바라보았던 김대중 전 대통령의 모습은 죽음을 무서워하는 평범한 인간의 모습 그 자체다. 본인 스스로 자신이 겁이 많은 사람이라고 했다. 겁이 많은 평범한 한 인간이 수십 년 동안 죽음을 넘나드는 투쟁을 했다는 사실이 김대중 전 대통령의 가장 위대한 면 아닐까. 노년에 아내와 단둘이 있는 시간을 귀하게 여겼던 김대중 전 대통령의 아내를 아끼고 사랑하는 모습도 위대하다. 많은 남편이 아내가 없는 시간을 귀하게 여기는데 말이다. 『기적은 기적처럼 오지 않는다』는 거인의 삶에 감추인 소박한 인간의 모습을 볼 수 있어서 좋다.

“ 놀라운 어묵, 놀라운 책

퇴근 후 동료와 함께 대구를 다녀왔다. 마침 폭우가 쏟아지는 날씨라서 실제로는 포항의 산골 마을에서 대구로 이동한 것이지만 서울에 다녀온 기분이었다. 어렵게 대구에 도착해서 평소 잘 먹지 않는 음식에다 막걸리를 연거푸 마셨더니 정신이 몽롱했다. 술을 사랑하는 후배 동료는 파전만 먹고, 술을 멀리하는 나는 막걸리를 마셔야 하는 기이한 자리였다. 운전은 후배 동료의 몫이었다. 번갯불에 콩 볶아 먹듯이 식사 자리를 마치고 다시 포항의 산골로 돌아오는데, 기상은 더 악화되었다. 수시로 치는 번

개가 마치 나이트클럽의 사이키 조명을 방불케 할 정도였다.

시속 60킬로미터 미만으로 달리는데도 도로에 고여 있던 물이 전면 유리를 강타해서 마치 거대한 파도를 만난 낚싯배에 타고 있는 느낌이었다. 도로 위에서 공포를 느끼긴 처음이었다. 고속도로를 지나 한적한 시골 도로를 달리기 시작하는데, 심신이 지쳤고 그 와중에 허기를 느꼈다. 최연장자라는 무시무시한 권력을 이용해서 간단히 요기를 하고 가자는 지령을 내렸는데, 무려 한 시간 동안이나 침묵을 지키던 한 젊은 동료가 우리가 근무하는 산골 도로가의 휴게소에서 파는 어묵이 맛나다고 소문이 났다는, 믿기지 않는 이야기를 했다.

우리는 당장 그 휴게소에 들르기로 했다. 그러나 난관이 하나 있었다. 그때 시간이 저녁 9시였던지라 과연 그 시간까지 휴게소가 영업하고 있을까 하는 문제였다. 워낙 시골이기에 주유소도 그 시간이면 문을 닫기 일쑤인데, 과연 휴게소가 문을 닫지 않고 우릴 반겨주겠느냐는 것이다. 우리는 포커의 마지막 카드를 펼쳐보는 심정으로 그 휴게소로 향하기 시작했다. 제발 그 휴게소의 불이 켜져 있기만을 간절히 기도했다.

뜬금없는 별미

우린 너무 지쳐 있었고 배가 고팠다. 우리의 기도가 헛되진 않았는지 우리는 휴게소의 형광등 빛을 발견했다. 만세삼창을 하고 문제의 그 휴게소에 입장했다. 이건 마치 〈전설의 고향〉에 흔한 장면, 즉 산골에서 길을 잃고 헤매다가 인가의 초롱불을 발견한 과객의 기분이랄까. 실제로 그 휴게소의 위치나 외관은 귀곡 산장과 진배없었다. 휴게소에 들어가자마자 우릴 당황시킨 것은 시골의 산나물과 채소로 만든 각종 밑반찬 진열대였다.

여기가 무슨 재래시장도 아니고 웬 밑반찬을 진열해놓고 판단 말인가. 겁나 맛나게 보이는 반찬들이었지만 그것들을 사 먹을 수가 없으니 '그 유명하다는' 어묵을 파느냐고 주인에게 물어보았다. 만약 시간이 늦어서 팔지 않는다고 했다면 우리는 울며불며 사정했을 터이고, 그래도 주인장이 우리의 요구를 들어주지 않는다면 버럭 화를 낼 기세였다. 그만큼 우리는 절박했고 이 휴게소가 우릴 마다한다면 허기를 다랠 대안이 전혀 없음을 잘 알고 있었다.

면 소재지의 마트는 이미 폐점을 한 지 세 시간은 지났다. 하늘이 우리를 버리지 않았는지 주인장은 어묵을 판단다. 그런데 '몇 그릇'을 드시겠냐고 묻는다. 가락국수도 아니고 라면도 아닌 어묵을 '몇 그릇'으로 수량을 따진다는 게 우리를 또 한 번 당황시켰다. 어쩌겠는가. 그 휴게소의 관례려니 여기고 우린 어묵 두 그릇을 주문했다.

시골의 특성상 네 그릇을 주문하면 우리가 감당키 어려운 양의 어묵이 쏟아질까 두려웠던 게다. 주문하고 잠시 담배를 피우고 돌아왔더니 정말 어묵 두 그릇이 우리를 기다리고 있었고, 그 옆엔 간장 두 종지가 다소곳이 배치되어 있었다. 이걸 어묵국이라고 불러야 할지 어묵탕이라고 불러야 할지 알 수 없었다. 납작한 어묵과 갖은 채소가 곁들여져 있었고 국물은 보통의 가락국수 국물보다 약간 더 짠맛이었다.

곁들여진 간장은 희한하게도 간장 특유의 짠맛이 나면서도 단맛이 확연히 섞여 있었다. 독특했다. 어묵을 정신없이 떠먹기 시작했는데 완전 꿀맛이었다. 어묵은 본연의 탄력과 쫄깃쫄깃한 식감을 그대로 유지하고 있었고, 국물은 얼큰하면서도 너무 맵지 않은 천상의 맛이었다. 귀곡 산장 같은 휴게소에서 파는 어묵이 생각보다 더 맛있으니까 괜한 공포감이 밀려왔다. 역시 〈전설의 고향〉의 주인공이 된 듯한 기분이었다. 과연 괜히 생긴 명성이 아니라는 생각이 절로 들었다. 그 어묵과 함께 먹으면 금상첨화라는 25년 전통의 김밥을 먹어보지 못한 것이 진한 아쉬움으로 남는다.

허기를 달래고 나니까 가게 안을 찬찬히 둘러볼 여유가 생겼다. 여유가 생겼다기보다는 기이한 휴게소에서 친근한 구석을 찾고 싶었던 본능이 발동한 것에 가깝다. 제발 평범한 면을 보여달라고 간절히 기도했다. 그런데 상황은 우리의 바람대로 흘러가지 않았다. 가게 구석을 보니 골판지에 이런 문구가 보인다. "명품 가방, 지갑 싸게 팝니다." 산골의 한적한 시골 휴게소에서 명품 가방과 지갑을 판다니 도무지 이해가 안 되었다. 싸게 판다는 명품 가방과 지갑은 어디 깊숙한 곳에 숨겨놓았는지 코빼기도 보이지 않았다. 〈전설의 고향〉이 클라이맥스에 도달했다.

어수선한 마음을 간신히 달랬다. 음식을 다 먹고 계산을 하려고 동료가 지갑을 꺼냈는데 주인아주머니는 그 지갑의 정체를 단박에 알아챘다. "와, 좋은 지갑 가지고 계시네요"란다. 내가 보기엔 그냥 평범한 지갑일 뿐인데 주인아주머니는 감탄했다. 지갑 주인인 동료가 "에이, 이거 짝퉁이에요"라고 대답하는 것을 봐서는 그 지갑이 명품이 맞기는 한 모양이다. 가게를 나오면서 슬쩍 물어보니 '보테가'인지 하는, 나 같은 촌놈은 듣도 보도 못한 브랜드란다. 너무 비싸서 돈을 '보태가지고' 사야 하는 모양이다. 정말 그 휴게소 아주머니는 명품 가방과 지갑을 팔 수도 있겠다는 생각이 들었다.

경이로운 일이었다. 이런 산골의 촌스러운 휴게소에서 명품을 취급하다니 놀랍지 아니한가 말이다. 가게를 나섰다. 비가 잦

아들긴 했지만, 담배를 피우기 위해서 비를 피할 곳을 찾아 눈을 돌렸는데 가게 옆 공터에 초대형 파라솔이 보였다. 내가 태어나서 본 가장 큰 파라솔이었다. 파라솔이라기보다는 차라리 하나의 건축물이라고 해도 무방할 정도였다. 휴게소 주인 양반은 뭘 하더라도 남다르게 해야만 직성이 풀리는 모양이었다. 귀신에 홀린 듯한 묘한 놀라움을 추스르고 서둘러 우리가 타고 온 차에 올라타려는데, 입구에 주차된 주인장의 차를 보고는 또 한 번 놀랐다. 동료 말로는 시가가 1억 원이 넘는다는 BMW 7 시리즈였다. 다음번에는 25년 전통의 김밥을 꼭 먹어보기로 하고 총총히 그 휴게소를 떠났다.

고정관념과 싸우는 투사

살다 보면 누구나 별 기대를 하지 않았던 놀라움과 행운을 겪는다. '쿨한 남자 김갑수의 종횡무진 독서 오디세이'라는 부제가 달린 『나의 레종 데트르』(미래인, 2007)라는 책은 내게는 뜬금없는 별미를 맛보게 한 귀곡 산장 휴게소와 같은 책이다. '레종 데트르(프랑스어로 '존재의 이유'라는 뜻이란다)라는 어려운 외래어를 사용한 이 책의 제목은 일반 독자의 접근성을 어렵게 한다. 출판사에서도 제목을 지을 때 뭐라고 한마디 했을 것 같은데 '토속 언어에 대한 신앙심'이 없는 저자의 고집이 반영되었으리라고 추측된다. 제목만 봐서는 '제발 이 책을 읽지 마'라고 외치고 있는 것 같은데, 저자의 이런 패기가 마음에 든다.

김갑수라고 하면 관심법으로 유명한 드라마 〈태조 왕건〉에서 궁예의 책사로 출연한 배우 김갑수를 연상하거나, 종편에서 보수 논객과 입씨름하는 꽁지머리 아저씨(이분이 이 책의 저자다)를 떠올리기가 쉽다. 내가 저자 김갑수의 책을 읽은 것은 『삶이 괴로워서 음악을 듣는다』(풀빛미디어, 1998)인데, 사실 책을 사놓고도 제대로 읽지 않았고 저자에 대해서도 잘 몰랐다.

오랫동안 서재에 처박아두고서 한참 뒤에야 이 책이 절판되었고 정가보다 훨씬 비싼 값에 팔리는 희귀본이 된 것을 알게 되었다. 나이가 들수록 절판본을 사냥할 일이 없어진다. 젊은 시절 사둔 책이 스스로 절판이 되고 희귀본이 되는 경우가 많기 때문이다. 어쨌든 그때부터 김갑수 선생의 책을 전부 사서 읽었는데 모두 음악과 오디오 취미에 관한 것이어서, 그가 실은 국문학과를 졸업하고 시인으로 등단하였으며 국내 최초의 데일리 서평 프로그램 〈김갑수의 책하고 놀자〉를 진행한 문학평론가라는 사실을 늦게서야 알았다. 그전까지는 저 유명한 사진작가 윤광준과 세운대학(세운상가)을 동문수학한 절친한 사이라는 것과 그저 지독한 오디오광인 줄로만 알았다.

제목의 압박 때문에 사두기만 하고 외면했다가 우연히 집어든 책이 『나의 레종 데트르』다. 이 책을 읽으면서 느낀 통쾌함은 록 페스티벌을 관람한 그것에 버금간다. 그가 어두운 지하실에서 주야장천 음악을 감상하고, 커피를 마시는 중년 남자이기도 하지만, 사실 그의 인생의 밑바탕에는 독서가 자리 잡고 있음을 알게 되었다. 『나의 레종 데트르』에서 보여주는 그의 단호한 명제가 통쾌하고 울림을 준다. 가령 카사노바의 지성을 칭찬하면서 프로이트, 라캉과 같은 심리학의 대가들이 어쩌면 카사노바 자서전(『카사노바 나의 편력 1~3』)의 주석에 불과한지도 모른다고 말하는 것이 그렇다. 또 인간의 욕정을 금기시하는 문화를 비판하면서 생방송 중에도 좋은 향기를 풍기는 여성 출연자 앞에서 슬그머니 불끈할 때가 있었다는 고백 따위가 그렇다.

확실히 김갑수 선생은 우리 사회의 합리적이지 못한 고정관념과 싸우는 투사라는 생각이 든다. 『나의 레종 데트르』를 읽다가 무릎을 탁 치고 바보처럼 키득키득 웃다가 뒷골이 서늘해지는 부분을 발견했다. 우리 사회가 성숙하기 위해서 제일 먼저 버려야 할 것이 '반만년 역사' 운운의 허세라는 일갈은 그 얼마나 준엄한가 말이다. 1948년 대한민국이 건국된 이전의 역사는 선조들의 왕국이지, 국민국가의 역사가 아니라고 그는 말한다. 역사는 있는 그대로 인식하고 가르쳐야지 과장하거나 왜곡해서는 안 된다는 주장이다.

유유상종이라고 절친한 친구인 사진작가 윤광준이 사진에 대해서 가장 감칠맛 나는 글을 쓴다면, 김갑수는 책 이야기를 가장 찰지게 쓰는 사람임이 분명하다. 닮고 싶은 문체로 김현의 『행복한 책읽기』를 숭배해왔는데, 김갑수의 글은 배우고 싶다기보단 통째로 외우고 싶은 욕구가 인다.

“

국카스텐과 신형철

아내가 가수 국카스텐의 공연을 보러 가잔다. 아내가 야심차게 새로 개발한 취미가 공연 관람인데, 문제는 내가 “너 혼자 가거라”라고 말할 용기가 없다는 점이다. 더구나 아내는 공연이 시작되기 세 시간 전에 미리 도착하여 국카스텐 ‘굿즈’를 사야 한다고 압박한다.

그러나 죽으라는 법은 없는지 공연 시작 세 시간 전에 도착해서 국카스텐 굿즈를 살 계획은 철회되었다. “그런 건 온라인 중고장터에서 얼마든지 구할 수 있는데 왜 주말의 황금 같은 시간을 두 시간이나 허비하느냐"라고 설득한 끝에 아내가 마지못해 포기를 한 것이다.

멀고도 험한 팬의 길

자, 이제 공연 시작 전에만 도착해서 간식을 먹고 공연장에 느긋하게 입장을 하면 되었다. 뼛속까지 촌놈인 나에게 공연 관람이 익숙할 리가 없었다. 그래도 아내가 좋아하니 다른 호강은 못 시켜주더라도 기꺼이 즐겁게 동행하는 것이 옳다. 아내도 대략 12년 전쯤에 야구장에 따라온 적이 있다. 비가 오는데도 나의 탁월한 운전 실력 때문인지 우리가 예정 시간 내에 도착했고, 나는 불고기가 곁들여진 핫도그와 망고주스를 게걸스럽게 먹었다. 핫도그와 망고주스는 대기표를 뽑아 들고 한참을 기다려야 살 수 있었는데, 아내는 기꺼이 그 수고를 마다치 않고 나를 위해 구해주었다. 그때를 떠올리니 새삼 미안해졌다. 아내는 확실히 나보다 마음이 넓고 배려심이 강한 사람이다.

국카스텐 굿즈는 온라인 중고장터에서 구할 수 없다는 것을 알고 있었지만 "책임지고 구해주겠으니 공연장에 미리 가서 줄을 서는 수고를 할 필요가 없다"라고 거짓말을 한 것이 미안해졌다. 아내가 다이아몬드 반지도 아니고 단지 국카스텐 우산과

에코백을 갖고 싶어 했는데 그 소박한 바람마저 들어주지 않았으니 남편으로서 체면이 서지 않았다. 결심했다. 나를 먹이겠다고 긴 줄과 북적거림을 감수하고 핫도그와 망고주스를 안겨주었던 아내에게 보은하기 위해서 최선을 다해, 집중력 있는 자세로 국카스텐 공연을 관람하기로 했다. 그런 취지에서 공연장 앞에서 파는 야광봉을 사고 싶다고 말했더니 "우리 국카스텐 팬들은 자고로 야광봉을 흔들지 않는다"라는 불문율이 있단다.

국카스텐 공연에서 야광봉을 흔드는 행위는 최근에 〈복면가왕〉 때문에 하현우를 좋아하게 된 라이트light 팬이나 하는 것이지 자신과 같은 진정한 국카스텐 팬들은 절대 그러지 않는다고. 내가 좋아하는 야구에도 불문율이 많고 그걸 어겼을 때는 종종 패싸움(벤치클리어링)이 일어나기 마련이라, 국카스텐 팬으로서 지켜야 할 중요한 불문율을 지키지 않는 불순한 행위를 미리 막아준 아내의 혜안이 새삼 고마웠다.

공연 시작 30분 전에 입장을 했다. 곳곳에 자랑스럽게 국카스텐 티셔츠를 입은 팬들이 보였다. 아내에게 또 미안해졌다. 국카스텐 우산과 에코백을 든 팬들이 눈에 띄지 않기만을 바랐다. 무대에서는 비트가 강한 음악이 흘러나오고 있었다. 일부 열성 팬들은 벌써 노래를 따라 부르고, 심지어는 박수와 율동을 곁들이고 있었다.

나는 대통령 연두교서를 듣는 국무위원이라도 된 것인 양 엄숙한 자세를 유지하며 시종일관 그 자세를 고수하려 했다. 드디어 무대가 시작되었다. 가수보다 목소리가 먼저 등장을 했다. "모두 일어나세요"라는 외침 말이다. 왜 그런 상황 있잖은가. 어느 정도 예견된 상황의 변화가 아니고 마른하늘에 번개가 치는 듯한 느닷없고 황당한 상황 말이다. 그런 상황에 부딪히면 으레 생각할 겨를도 없이 그 상황에 휩쓸리는 게 사람이다. "일어나세요"라는 명령에 나를 제외한 모든 관객이 일어서서 박수를 치고, 춤을 추고, 함성을 지른다. 무언가에 끌려가듯이 나도 일어서야 했고 세상에서 가장 어색한 박수를 치고 있는 나를 발견했다.

앞줄에 있는 아저씨는 "오빠!"라고 외치질 않나, 내 옆에 있는 덕후처럼 생긴 총각은 "악! 악!" 비명을 지르고, 내 옆의 대학 조교처럼 생긴 처자는 저 멀리 무대에서 노래하고 있는 국카스텐이 마치 자기 코앞에 있는 것인 양 "사랑해요" "아, 너무 잘생겼어요" "마시던 물, 저도 좀 주세요"라고 속삭이고 있었다.

군중 속에서 고독을 느끼는 게 이런 상황인 것이다. 저들은 저들이고, 나의 처신이 문제다. 할 수만 있다면 내 몸뚱어리를 종이처럼 접어서 아내의 주머니에 넣고 싶었다. 뭔가 신나는 노래를 부르는 것 같은데 나는 전혀 흥이 나지 않고, 일어서서 노래를 듣고 싶은 마음도 도저히 생기지 않았다. 나는 그냥 '가만히 앉아서' 노래를 듣고 싶었다. 그렇다 그냥 '가만히 앉아서'. 간절히 내 자리에 앉고 싶지만 그랬다간 수천 명 중에 유일한 방관자가 되는지라 도저히 그럴 수가 없었다. 그렇다고 다른 사람들과 같이 미친 사람처럼 소리를 지르고, 노래를 따라 부르고, 춤을 추지도 못할 노릇이었다. 더욱 걱정스러운 것은 공연장은 분명 콘크리트로 견고하게 만든 건물인데 실제로 '흔들흔들'거렸다. 정말 무서웠다. 이러다가 공연장이 무너져서 죽을 수도 있겠다 싶었다.

어정쩡하게 서서 박수를 치는 듯한 흉내를 내는 것이 너무 힘들었다. 경박스럽게 리듬만을 추구하는 팬이 아닌, 국카스텐의 음악에 대한 심오한 공감과 음미를 하며 점잖은 반응을 하는 팬의 한 종류인 척하기로 했다. 아내는 공연에 도취하여서 나 따위의 안위에는 신경을 안 쓴 지 오래였다. 하드한 리듬을 소프트한 반응으로 감상하는 신종 팬의 노릇을 하는 것도 슬슬 지쳐갔다. 두 시간 가까이 운전을 해 왔고 망고주스를 산다고 동분서주한 이력 때문인지 그냥 건성건성 박수를 치며 서 있는 것도 힘에 부쳤다.

다행히 내가 속한 줄에 앉아 있는 팬이 한 명 보였다. 수천 명 중의 유일한 사람이 아님이 확인되자마자 나는 냉큼 앉았다. 앉아서 쉬고 있는데 새삼 눈치가 보였다. 기왕에 여기까지 따라왔는데 성의 없는 관람 태도로 비판을 받으면 억울하겠다는 생각이 들었다. 천근만근 무거운 몸을 일으켰다. 다시 박수를 치기 시작했다. 경외로운 눈초리로 무대를 바라보았다. 춤을 추는 것보다는 그래도 공연에 심취하여 넋을 잃은 표정을 짓는 편이 더 쉬웠다.

고군분투하며 공연과 싸워가고 있는데 또다시 한계점이 다가왔다. 그 순간 휴대전화가 생각났다. 당장 꺼내서 공연 영상을 촬영하기 시작했다. 국카스텐의 공연이 너무나 소중하여 오래 두고 감상하기 위해서 녹화를 하는 또 다른 열성 팬이 되기로 했다. 시간이 잘 흘러갔다. 확실히 뭔가에 몰입하는 것만큼 시간을 잊게 하는 것도 드물다. 마치 가족의 결혼식이라도 되는 것처럼 열심히 진지하게 공연을 녹화했다. 녹화한 영상을 토막 내서 집에 있는 딸아이에게 송고하는 부가 활동도 창출하였다. 드디어 공연이 끝났는데 일부 탐욕적인 팬들이 앙코르를 요구했다.

공연도 일종의 매매이며 계약이다. 정해진 곡을 다 불렀으면 가수도 좀 쉬게 놔둬야 할 게 아닌가 말이다. 어찌 됐든 드디어 앙코르까지 마친 가수는 무대 뒤로 사라졌다. 뭔가 여운이 남아서 쉽게 자리를 못 뜨는 팬의 표정으로 아내의 동정을 살폈다. 그런데 중앙 쪽에 있는 대다수의 팬은 자리를 뜰 생각을 하지 않았다. 마치 무슨 국민의례라도 하는 듯한 모습으로 도열한 채

노래를 부른다. 미루어 짐작건대 이런 행위를 함으로써 진정한 국카스텐 팬의 정체성을 과시하려는 듯했다.

만화로 보는 록의 역사

마침내 공연이 끝났고 록음악의 팬들 사이에서 이방인인 나는 '또 다른 세상'을 경험한 '신입 신도'가 되어 있었다. 모든 것을 책으로 배우는 버릇이 있는 내가 『PAINT IT ROCK』(남무성 지음, 북폴리오, 2014, 전 3권)을 떠올린 것은 행운이었다. 이 책이 좋다는 이야기만 듣고 사두기만 했는데 국카스텐 공연 관람을 계기로 제대로 읽기 시작했다. '남무성의 만화로 보는 록의 역사'라는 부제가 붙어 있는 이 책에는 내로라하는 록음악 전설들의 일대기와 그들의 음악 세계뿐만 아니라 웬만한 록음악 애호가도 알지 못할 재미있는 일화가 가득하다.

스스로 로큰롤의 제왕이라고 칭한 리틀 리처드는 열정적인 무대 매너로 유명했는데 무대에서 혼자 돋보이려고 밴드 멤버들에게는 튀는 옷을 입지 못하게 했다. 요즘으로 치면 '외모 몰아주기' 놀이를 무대에서 한 것이다. 리틀 리처드의 위세에 다른 모든 구성원은 순응을 했는데, 유독 한 명이 리틀 리처드와 버금가는 요란스러운 무대 의상을 고집하다가 해고당했으니 그가

그 유명한 지미 헨드릭스라고.

세상에서 가장 유명한 앨범 자켓이라고 해도 무방한, 건널목을 건너는 비틀스를 담은 사진에는 이런 에피소드가 있었다. 애초에 제작자는 재킷 디자인을 히말라야에 가서 에베레스트를 배경으로 찍기로 계획했는데 "곧 해체될 텐데 뭣하러 히말라야까지 가야 하느냐"라는 멤버들의 불평이 이어졌단다. 그 와중에 그냥 녹음실 앞에 있는 횡단보도에서 촬영하면 30분 만에 끝나지 않겠냐는 폴 매카트니의 제안이 실행됐다고 한다. 유독 혼자서만 맨발인 폴 매카트니의 사망설이 나돌기도 했는데, 훗날 존 레넌은 "더우면 웃통을 벗어야지 왜 신발을 벗냐"며 폴이 혼자서 튀고 싶어서 잔머리를 굴린 것이라고 뒷말을 했다. 그런데 애초에 튀고 싶었던 것은 폴 매카트니가 아니고 존 레넌이 아니었을까. 폴 매카트니는 단지 신발을 벗었을 뿐이지만 존 레넌은 혼자 머리끝에서 발끝까지 흰색으로 빼입었다. 올 백white이 맨발에 밀린 셈이다.

『PAINT IT ROCK』을 읽다 보면 “아는 만큼 보인다”라는 유홍준 선생의 말이 실감 난다. 한때 뮤지션 피규어 수집에 열을 올린 적이 있는데 『PAINT IT ROCK』을 읽고 나서야 비로소 내 서재를 장식했던 많은 뮤지션의 이름을 알게 되었다. 국카스텐의 음악에 심취해 있던 나의 아내도 언젠가 신형철의 평론집 『몰락의 에티카』를 내 서재에서 꺼내 읽은 적이 있다. 국카스텐 보컬 하현우가 그 책에서 영감을 얻어 노래 〈깃털〉을 작사, 작곡했다나 뭐라나.

“

모든 것이 완벽했지만

아내와 냉전 중인데 마침 주말이고 해서 늦잠을 잤다. 오전 10시쯤 일어났더니 주방에서 모녀가 정답게 식사를 나누는 소리가 들려왔다. 당장 거실로 나가서 “동방예의지국에서 어디 가장을 제쳐두고 너희끼리 식사를 하고 있느냐?”라고 호통을 치고 밥도 뺏어 먹고 싶었지만 꾹 참았다. 배고픔을 잊는 가장 좋은 방법은 잠이다. 치오르는 분노를 참고 다시 잠을 청했다. 의외로 다시 잠이 쏟아졌다.

비타500이 이렇게 맛난 음료였다니

일어나 보니 오후 2시가 다 되어가고 있었다. 이제 더는 정말 참지 못하겠어서 체면 불고하고 밥을 먹으려는데 마침 모녀가 외출하려는 부산함이 감지되었다. 얼른 다시 이불을 뒤집어쓰고 자는 척을 했다. 아내는 아무리 화가 나더라도 두 끼를 굶는 법이 없는 남편이 아픈 것은 아닌가 은근히 걱정되었는지 잠든 척하고 있는 내 어깨를 가만히 만져보고 나갔다.

잠을 너무 많이 자서 이마에 땀이 살짝 비쳐 있고 요 며칠 사이에 일이 많았던 터여서 얼굴은 제법 초췌하니 '병색이 완연'해 보였으리라. 어쨌든 모녀는 외출을 했고 나는 신중한 남자답게 5분을 더 기다렸다. 최근 건망증이 예사롭지 않은 아내가 자동차 열쇠를 깜박 잊고 나갔다가 다시 들어오는데 정신없이 밥을 퍼 먹다가 마주치면 그간 내가 쌓아 올린 노력과 인내는 졸지에 허사가 되는 것 아니겠는가.

5분 후 주방으로 달려갔더니 식탁 위에는 먹다 남은 사과 조각이 그림처럼 놓여 있었고 냉장고에는 내가 환장하도록 좋아하는 명이나물 절임을 비롯한 주옥같은 반찬이 가득했다. 참아야 했다. 어쨌든 내가 밥을 먹은 흔적이 남아서는 안 되었다. 나는 시방 화가 나서 두 끼째 굶고 있고 허약해져 잠이 아닌 병환으로 누워 있는 사람이니까 말이다. 그래도 너무 배가 고파서 1년째 우리 집 뒤 베란다에 방치 중인 '비타500'을 두 병이나 원샷해 버렸다. 비타500이 이렇게 맛난 음료였다니 놀라울 뿐이었다.

배도 고프거니와 보내야 하는 택배도 있어서 부랴부랴 집을 나섰는데 집 앞에 마침 배송 중인 택배 운송 차량이 보였다. 택배 사무실까지 갈 필요가 없이 바로 보낼 수 있었다. 이른바 우주의 모든 기운이 다 내게 쏟아지는 느낌이었다. 도보 5분 거리의 중국집에 기운이 없어서 차를 몰고 갔다. 볶음밥을 시켜서 국물 한 방울, 단무지 한 조각까지 모두 먹어치운 다음 돌아와서 외출 흔적이 보이지 않도록 원래 제자리에 주차했고, 바퀴의 방향까지 전과 똑같이 세팅한 다음 서재로 돌아왔다.

모든 게 완벽했다. 오늘 저녁이면 나는 무려 세 끼를 굶은 화병 환자가 될 것이다. '내가 화가 난 상태'임을 좀더 극대화하기 위해서 조카 놈이 다리를 망가뜨려서 버리려던 피규어를 망치로 두들겨 머리까지 분리했다. 화가 너무 난 나머지 평소 애지중지하는 피규어마저 서재 바닥에 내팽개쳐서 부숴버린 것처럼 보이기 위해서 일부러 조각조각 너부러뜨렸다.

배를 채웠으니 또다시 금세 잠이 쏟아지겠고 저녁까지 푹 자기만 하면 되었다. 모녀는 화가 난 나머지 식음을 전폐하고 땀까지 비 오듯 흘리며 쓰러져 있는 가장에게 석고대죄를 하며 진수성찬을 차려 오겠지.

그토록 꿈꾸었던 석고대죄 아닌가!

아내와의 냉전 4일 차를 맞이했다. 퇴근해서 서재에 틀어박혀서 아내와의 군비 전쟁에서 이길 묘수를 강구하고 있었다. 서재 문은 꼭꼭 닫혀 있지만 나의 모든 신경을 서재 밖 아내의 영역으로 향했다. 나보다 약간 늦게 퇴근한 아내는 옷을 갈아입더니 금세 나간다. 이건 백퍼센트 저녁거리를 마련하기 위해서다.

역시 나의 예상은 적중했다. 아내가 돌아온 시간은 정확히 집 근처에서 간단한 저녁거리를 쇼핑하고 돌아올 만한 시간이었다. 아니나 다를까 고기 굽는 냄새가 진동했다. 평소 같으면 부러움과 분노에 휩싸였겠지만 오늘만은 사정이 좀 다르다.

이쯤에서 퇴근 무렵으로 되돌아가보자. 정말 드문 일인데 사무실에 갑자기 먹거리 폭탄이 투하되었다. 먹거리 면면은 다음과 같다. 포만감과 영양을 동시에 만족시켜주는 바나나, 시지 않으면서도 달콤한 청포도, 더위를 시원하게 달래주는 수박 그리고 여동생이 체한 상태에서도 먹고 싶어 했던 최강의 식사 대용품인 약밥으로 이어지는 황금 라인이었다.

아내와 대치 상태인지라 배고픈 저녁이 될 것이 분명했기에 나는 겨울잠을 앞둔 곰처럼 게걸스럽게 그것들을 먹어치웠다. 비록 김이 모락모락 나는 쌀밥은 아니었지만 김밥천국에서 매일 사 먹는 떡라면에 비하겠는가? 사무실의 경쟁자들이 저녁 식사를 대비하여 페이스를 늦추는 바람에 그 주옥같은 음식들은 오롯이 내 차지였다. 배를 든든히 채우고 느긋하게 퇴근을 했다.

집에 돌아와서 김밥천국에 출근을 하지 않아도 된다는 안도감과 천하무적의 핵무기를 보유한 강대국이 되었다는 뿌듯함으로 서재의 소파에 느긋하게 누웠다. 노트북을 볼록해진 배 위에 올려놓고 프로야구 중계를 보면서 촌스럽게 고기를 구워 먹는 두 여자를 비웃었다. 세상 그 누구도 부럽지 않은 저녁나절이었다.

그런데 갑자기 아내가 서재 문을 조용히 열었다. 순간 숨이 멎는 줄 알았다. 벌떡 일어나 짐짓 진지한 표정을 지으면서 적군의 도발에 대응하기 위한 만반의 준비를 갖추었다. 아내의 입이 떨어졌다. "저녁 식사 하세요"란다. 순간 머릿속이 하얘졌다. 물경 10년 만의 완벽한 승리였고 내가 그토록 꿈꾸었던 '석고대죄' 아닌가! 소고기를 구워놓고 다소곳이 머리 숙여 아내가 투항해온 것이다.

따지고 보면 아내가 나 몰래 바람을 피운 것도 아니고, 우리 모친을 면전에서 괄시한 것도 아닌데 용서 못 할 이유는 없었다. 여기서 아내의 백기 투항을 거절하면 나는 옹졸한 남편이 되는 것이고 아내와는 정말 돌아올 수 없는 다리를 건너게 되는 셈이었다. 그렇다고 직장에서 배 터지게 먹었다고 할 수도 없는 노릇이었다.

아내 딴에는 남편과 화해를 하려고 그 비싼 소고기를 구웠고 자존심을 굽혀서 내게 투항해왔는데 그걸 또 어떻게 거절을 한단 말인가? 대략 3분간의 뜸을 들이고 나서 아내의 항복을 받아주기로 했다. 볼록 튀어나온 배를 애써 감추면서 항복 조인서가 기다리고 있는 식탁에 앉았다. 퇴근 무렵의 먹거리가 간식의 제왕이었다면 저녁 식탁은 내조의 여왕이 차린 집밥의 표본이었다.

확실히 이긴 전쟁이긴 한데

명이나물 무침, 미디엄 레어 소고기 구이, 파지랭이(파무침), 상추 한 바구니 등이 패배자가 승리자를 위해 마련한 조공이었다. 아내는 나를 예전 시골의 일꾼으로 생각했는지 밥을 꾹꾹 눌러 봉곳하게 담아놓았다. 그렇다고 밥과 고기를 남길 수는 없는 일이다. 그랬다간 기껏 항복을 받아주기로 하고 옹졸한 마음이 남아 있다는 것으로 오해받는다. 배고픈 설움이 가장 큰 곤욕이긴 한데 배부른 상태에서 억지로 먹는 곤욕도 만만치 않은 일이다. 어찌 됐든 불굴을 투지를 발휘하여, 불과 하루 전 굶주림을 상상하면서 꾸역꾸역 웬수 같은 소고기와 밥을 넘기기 시작했다.

확실히 정신이 육체를 지배한다. 어찌어찌해서 내 분량을 해치워가는 중이었다. 아내는 패배자의 성의를 더욱 확실히 보이려는지 더 달라는 말도 안 했는데 바윗장만 한 고깃덩어리를 더 구워 왔다. 더욱 난감해진 나는 물도 마시지 않았다. 김칫국물도 한 숟가락 먹지 않았다. 그들을 위한 내 위의 여백은 더는 존재하지 않았다.

평소라면 10분이면 마칠 식사 시간이 20분 동안 이어졌고 기어코 나는 아내가 내 몫으로 마련한 듯한 분량을 다 먹어치웠다. 터질 듯한 배를 움켜잡고 식탁을 뜰 순간만을 노리는데 딸아이가 엄마가 퍼준 밥이 많다며 징징거렸다. 내가 자식을 너무 오냐오냐 키웠다. 누굴 탓하겠는가?

복에 겨운 딸아이의 투정을 잠시 난처하게 듣던 아내가 한마디 던졌다. "아, 그럼 어떡해? 할 수 없지. 너 먹고 싶은 만큼만 먹어. 나머진 네 아빠가 먹을 거야."

이긴 전쟁이긴 한데 잃은 것이 많은 실패의 역사를 기록하고 말았다. 『말하지 않는 세계사』(최성락 지음, 페이퍼로드, 2016)에 소개된 영국을 구한 전쟁 영웅 처칠이 떠오른다. 내가 끼니를 제대로 챙기지 못하면서까지 아내와 냉전을 치른 것처럼 처칠은 미국이 참전하기 전인 2년 동안 홀로 총력을 다해서 독일의 히틀러와 맞섰다. 내가 아내가 차린 진수성찬을 애써 외면하는 배수진을 치고 아내와 맞선 것처럼 처칠은 어떤 대가를 지급하고서라도 반드시 승리를 이루어내겠다는 각오로 독일과 싸웠다.

그 어떤 타협도 하지 않았다.

그 전쟁의 결과는 우리가 아는 것처럼 홀로 죽기 살기로 싸운 영국을 비롯한 연합군의 승리로 끝났고 처칠은 지금까지도 나라를 구한 영웅으로 추앙받는다. 『말하지 않는 세계사』에 의하면 아이러니하게도 영국이 세계 최강대국의 위치에서 내려오게 된 것도 처칠 때문이라고 한다. 구국의 영웅 처칠이 대영제국의 시대를 끝낸 사람이기도 한 것이다. 영토가 크지 않고, 경제력과 군사력도 다른 열강에 비해서 우월하지 않았던 영국이 최강대국의 지위를 유지한 것은 세력 균형 정책 때문이었다고 한다. 처칠처럼 홀로 총력을 기울여서 다른 국가와 전쟁을 하지 않고 전쟁이 시작될 때부터 다른 국가와 연합해서 싸워왔다는 것이다. 또는 능란한 외교로 영국은 국력을 소비하지 않고 쉽게 최강대국의 지위를 지켜왔다.

2년 동안 홀로 독일과 국력을 총동원해서 싸운 처칠은 결국 영국을 초강대국으로 이끌게 한 정책을 무너뜨린 지도자였고, 그 결과 영국은 세계의 지도국 자리에서 내려와야 했다. 전쟁에서 승리하긴 했지만, 영국은 거의 파산 상태가 되었고 미국의 원조를 받아야 했다. 전후에 다른 유럽 국가들은 전쟁 전의 상태로 복구되었지만 영국은 다시는 세계 최강대국의 위치로 돌아가지 못했다.

내가 좀더 빨리 『말하지 않는 세계사』를 읽었다면 밥을 굶어가면서 무모하게 아내와 냉전을 벌이지도 않았을 터이며, 어떤 수단을 발휘해서라도 딸아이를 내 편으로 만들었을 것이다. 『말하지 않는 세계사』는 우리가 아는 세계사가 진실이 아닐 수도 있다는 전제하에 우리가 잘 모르는 세계사의 여러 장면을 흥미롭게 알려준다. 역사는 지금도 반복되며 우리는 역사를 통해서 오늘을 살아가는 지혜를 배워야 한다.

“

자발적 수감자의 거대한 성과

아내는 출근했다. 나는 집에서 한 시간 간격으로 먹고 자고를 반복하는 호화스러운 시간을 보내고 있었다. 점심때쯤 아내에게서 전화가 왔다. 점심시간에 나갈 테니 함께 순대국밥을 먹으러 가잔다. 아내가 가자는 식당의 순대국밥은 나물국보다 더 담백하다. 매콤하고 시원하며 푸짐하다. 가격도 저렴한 편이어서 식사시간대면 입추의 여지가 없다.

식사를 잘 마쳤는데 아내가 직장으로 곧장 복귀하지 않고 집에 잠시 들렀다 가겠단다. 나에겐 날벼락 같은 소리였다. 아내가 집에 없는 시간을 귀하게 여기는 나는 금쪽같은 시간을 알차게 보내기 위해서 서재에는 노트북을 켜놨고, 소파엔 두어 권의 책을 아무렇게나 두었고, 거실 바닥엔 반바지를 벗어놓았다. 더구나 출근하면서 내게 준 미션, 즉 마른빨래 차곡차곡 정리도 하지 않았다. 아내의 눈에는 조물주가 세상을 창조하기 전의 카오스 상태로 보이겠지. 또 아내가 나와 함께 집으로 곧바로 오면 내 일상의 중요한 루틴, 즉 식사 후 끽연을 못 한다. 나는 아직도 아내 앞에서 대놓고 담배를 피우지 않는 순종적인 남편이다. 다급해진 나는 아내에게 "그 뭐하러 수고스럽게 집을 왔다 갔다 해?" "그러지 말고 직장에 갔다가 조금 일찍 퇴근해"라고 아내를 설득했다. 은행 볼일이 있다고 하길래 그런 잡다한 일은 남편인 내게 맡기고 당신은 바깥일에나 전념하시라고 간언을 했다.

나의 격렬한 직언에 아내는 움찔했고 "그럴까?"라며 내 말에 수긍하고 돌아섰다.

배부른 돼지와 에어컨

나는 잽싸게 차를 탔고 집으로 향하면서 본능적으로 백미러를 바라보았다. 아내는 단순한 사람이 아니다. 나를 안심시켜놓고 집으로 와서는 집 앞에서 담배를 피우는 나를 한심한 표정으로 바라볼 수 있는 사람이다.

아니나 다를까 학교로 간다던 아내는 내 뒤를 쫓고 있었다. 처음엔 긴가민가했는데 가까이 다가올수록 아내 차라는 게 확실해졌다. 식사 후 끽연은 포기하기로 했다. 그보다 더 급한 게 있다. 난장판이 된 집구석을 아내가 보기 전에 복구해야 했다. 나름대로 급하게 운전을 한다고는 했는데 아내와의 간격이 벌어지기는커녕 아내는 우리가 범퍼카 놀이를 하는 것으로 착각하는지 내 차를 바짝 뒤쫓고 있었다.

확실히 아내는 나보다 운동 신경이 뛰어나서 운전도 잘한다. 어느새 나를 추월했다. 초탈한 심정이 되었고 우리 집 앞에 주차된 아내의 차를 무심히 보았다. 그런데 이게 웬일인가? 아내가 집에 보이지 않았다. 전화를 걸었더니 집 앞 상가 약국에 잠시 들렀단다.

잽싸게 집 안을 정리하긴 했지만, 나의 신성한 루틴인 식후 끽연을 못 했다. 어쩌겠는가.

잠시 후 아내는 집으로 들어왔고 집 안 구석구석을 3초 만에 스캔한 후 특별한 이상 징후가 없다는 것을 확인하곤 옷 방으로 향했다. 끽연 욕망을 거세당한 나는 살진 돼지가 되어 거실 바닥을 뒹굴뒹굴 구르기 시작했다. 마침 아내가 에어컨까지 켜주어서 행복한 돼지가 되었다.

한참을 뒹굴뒹굴하다가 책을 들추는데 아내는 다시 직장을 가야 하는 모양이었다. "잘 다녀와"라고 인사를 건네자 아내는 멈칫했다. 그러더니 "오늘은 왜 도서관에 가지 않느냐"라고 물었다. 평소 "왜 아무도 읽지 않는 책을 쓰느냐"라고 타박하던 아내는 사실 나의 집필을 응원하고 있었다는 생각이 들어서 순간 울컥했다. 아내는 역시 내조의 여왕이다.

아내의 내조와 충성심은 갸륵하지만 나도 되는 것이 있고 안 되는 것이 있다. 아내에게 자상하게 내가 도서관에 가지 않는 이유를 설명했다. 도서관에 가서 책을 읽고 글을 쓰는 행위에도 엄연히 나의 루틴이 있다. 도서관에는 딸아이를 학교에 등교시키고 돌아오는 시간, 즉 오전 8시에 가서 내가 즐겨 찾는 자리에 앉아야 정상적인 집필이 가능하다는 이야기다.

점심시간이 지난 오후에 도서관에 가면 자리가 없을 수도 있으며 설령 있다고 해도 내가 원하는 집필 환경이 아니라서 글을 쓸 수 없다. 집에서 키우는 개들도 산책을 시키다 보면 자신이 원하고 매번 이용하는 배변 장소가 있는데 하물며 엄연히 사람인 나는 오죽하겠느냐고 항변했다.

또한 확실히 예술과 문학은 '배가 부른 자'의 것이 아닌 모양인지 등이 시원하고 배가 부르니 만사가 귀찮고 도서관에 가서 집필하고 싶은 욕구가 전혀 생기지 않았다. 그래서 아내에게 말했다. 당신이 몰라서 그렇지 집필이라는 것이 펜만 잡는다고 되는 것이 아니다. 문학적인 영감이 떠올라야 한다, 지금은 조용히 거실에서 누운 상태로 영감이 떠오르길 기다려야 한다고 말이다.

내 말을 들은 아내는 나를 아주 한심하다는 표정으로 한참을 쳐다보더니 뭔가 큰 결심을 한 표정으로 이렇게 말했다. "어휴, 내가 요새 에어컨을 좀 많이 켜주었더니 집에서 빈둥거리기만 하는구먼. 좋아! 지금부터 한 시간만 더 켜줄게."

나에게 글쓰기는 일종의 취미 생활에 가깝다고 말해왔다. 곰곰이 생각을 해보니 꼭 내가 글쓰기를 즐기는 것 같지는 않다. 글쓰기가 나의 취미 생활이라면 휴대전화 카메라로 셀카를 찍듯이 때와 장소를 가리지 않고 자주 써야 한다. 실상 글을 쓰는 장소는 여름에는 에어컨이 가동되고 겨울에는 온풍기가 작동되는 도서관이어야 하고, 시간을 따지자면 주말이나 하루 종일 다른 스케줄이 없는 날이어야 한다. 더불어 노트북과 인터넷을 사용할 수도 있어야 한다. 나름의 감옥을 구축해야만 글을 쓸 수 있다는 뜻이다.

매일매일 성실히 하는 노력의 성과

감옥 생활이 즐거운 사람은 없다. 기발한 아이디어가 떠올라서 견잡을 수 없이 글쓰기 충동을 느끼는 예외적인 경우를 제외하고는 나에게도 글쓰기는 고통스럽다. 그런데 조정래 선생은 간수가 없을 뿐인 글 감옥을 '황홀'하다고 정의한다. 조정래 선생의 40년 글쓰기 생활을 그린 『황홀한 글감옥』(시사IN북, 2009)은 제목만으로도 나 같은 야매 글쟁이에게는 경이로움 그 자체로 다가온다.

『아리랑』 『태백산맥』 『한강』을 집필했다는 것만으로도 소설가 조정래는 '쓰다'라는 동사의 주어로 삼기에 부족함이 없지만 '책 제목 정하기' 학원이 있다면 수석 졸업생이 될 것이 분명하다. 구한말에서 고도 성장기에 이르는 그의 대하소설의 시대적 배경은 기실 아리랑, 태백산맥, 한강으로 충분히 상징된다. 『황홀한 글감옥』 또한 책 제목은 이래야 한다는 모범 답안을 제시한다. 『아리랑』 『태백산맥』 『한강』만으로도 원고지 5만 매의 분량이다. 기껏 격주마다 쓰는 원고지 25매 분량의 연재 원고만으로도 피똥을 싸는 괴로움을 토로하며, 도살장에 끌려가는 소의 심정으로 도서관에 자신을 연행하는 나로서는 상상이 되지 않는 분량이다. 작가의 키를 훌쩍 넘긴 원고의 높이를 찍은 사진을 보아하니 나처럼 키보드를 두드리는 것이 아니고 펜으로 꾹꾹 종이를 눌러서 글을 쓰는 모양이다. 단순히 남의 글을 옮겨 적는다고 해도 중노동이다.

내가 가르치는 학생들에게 『태백산맥』을 읽어보라고 권하는 경우가 종종 있는데 대부분의 학생은 10권짜리 소설을 어느 세월에 다 읽느냐고 투덜거린다. 그럴 경우 나는 어김없이 "야, 이 녀석들아. 너희들은 10권짜리 소설 읽는 것이 힘이 든다고 하지만 그걸 쓰는 사람도 있어"라고 일갈을 내지른다. 그냥 읽기도 힘든 분량의 대하소설을 세 편이나 쓴 조정래 선생은 40년간의 고행을 "황홀한 글감옥"으로 규정한다.

제목만으로도 독자들을 기겁하게 하는 조정래 선생의 작가생활 40년 자전 수필 『황홀한 글감옥』은 『태백산맥』『아리랑』『한강』에서 못다 한 이야기를 질의응답식으로 풀어놓은 책이다.

질문을 평론가나 문필가가 아닌 일반 대학생들이 해서인지 문학에 대한 심오한 내용이 아닌 일반 독자라면 한 번쯤 궁금해할 수 있는 일상적이고 실용적이라는 점이 이 책의 매력 중의 하나다.

가령 '어떻게 해야 글을 잘 쓸 수 있을까' '좋은 작품을 베껴 써보는 것의 효과는?' '아들과 며느리에게 『태백산맥』을 필사하게 했던 이유는?' '작품을 번역할 때 사투리는 어떻게 해야 하는지?' '오랜 세월 동안 온종일 글을 쓸 수 있는 원동력은 무엇인지?'와 같은 질문들이 쏟아진다.

사실 나도 아들과 며느리에게 『태백산맥』을 필사시켰던 이유가 늘 궁금했다. 『태백산맥』이 비록 우리 민족의 오랜 갈등의 원천인 이념 문제를 주요하게 다루고 있지만 《선데이 서울》에 나옴 직한 성에 관한 노골적인 내용이 제법 많다. 자칫하면 요새 화두로 떠오르고 있는 '여성 혐오'의 논란에서 벗어나지 못할 구절도 심심찮게 등장한다.

그런 내용을 담고 있는 소설을 아들을 넘어서 며느리까지 필사하게 했다는 것이 내 생각에는 아무나 할 수 있는 일은 아닌 것 같다. 말하자면 민망하지 않으냐는 것이다. 나의 경우 내 서재에 있는 나신이 많이 등장하는 사진집이나 끔찍한 장면을 담은 사진집 그리고 다분히 남성 우월주의적인 책(『여자사용설명서』)을 딸아이가 보지 못하도록 서재 깊숙이 감추고 산다. 내가 쓴 책이 아니고 단순히 '구매'한 책인데도 말이다.

아들과 며느리에게 『태백산맥』을 필사하게 했던 이유에 대한 조정래 작가의 답변은 그의 인간적인 면모와 소설 쓰기에 대한 지론을 가장 잘 표현한다. 우리가 상상하듯이 그의 답변은 '역사나 글쓰기 공부를 시키기 위해서'가 아니었다. 역사와 글쓰기 공부는 부차적인 이유에 지나지 않으며 단순히 매일매일 성실히 하는 노력이 얼마나 큰 성과를 이루는지 체험하게 하고 싶었다고, 『아리랑』과 『한강』까지 필사시키지 않은 것을 다행스럽게 생각하라고.

“

지위 싸움의 근원

식사를 혼자 했다. 후식으로 아이스크림을 먹고 있자니 아내가 설거지를 하지 않았다고 타박을 한다. 나로서는 억울한 일이다. 왜냐하면, 아내라고 뭘 먹고 나서 그 즉시 설거지를 하는 것은 아니기 때문이다. 게다가 도대체 설거지를 해야 하는 타이밍에 관한 명확한 기준이 없다. 가령 식후 30분 이내에는 설거지를 해야 한다는 규정이 있으면 죄책감이라도 느낄 텐데 그게 아니잖은가. 불분명한 설거지 타이밍은 마치 악법과 같아서 모호한 조항으로 얼마든지 선량한 식구를 옥죌 수 있다.

나는 분노에 대한 표시로 그토록 좋아하는 메로나 아이스크림을 무려 20퍼센트나 남기고 휴지통으로 직행시켰다. 그리고 힘없는 백성이라 필리버스터를 시작하기로 했다. 아내에게 뭔가 밉보였을 때 수시로 적용되는 설거지법의 시행을 막기 위한 최소한의 수단이다. 저녁이고 해서 우선 안방을 선점했다. 안락하고 포근했다.

도저히 이길 수가 없다

다음 날 아침 8시쯤 잠에서 깼다. 배는 고픈데 차마 아내가 마련한 아침을 먹으려니 굴욕적인 패배로 비칠까 봐 참기로 했다. 충분히 잤지만, 다시 잠을 청하기로 했다. 오지 않는 잠을 억지로 청했더니 꿈자리마저 뒤숭숭해서 어느 시점에 더 이상 잘 수 없는 지경에 이르렀다. 다행스럽게도 내가 선경지명이 있어서 침대 머리맡에 노트북을 두었는데 그것으로 그동안 시청을 미루었던 드라마를 향해 정주행하기 시작했다.

오전 10시가 넘어가자 배고픈 게 문제가 아니라 이젠 허리가 아파서 더는 침대에서 버틸 수가 없었다. 옷을 주섬주섬 챙겨 입고 잽싸게 골프 연습장으로 향했다. 무려 두 시간 동안 분노의 524타를 휘두르고 집으로 돌아왔는데 어쩐지 집안 분위기가 스

산했다. 두 여자가 분명 소파에서 티브이를 보며 놀고 있어야 하는 시간인데 각자의 방에서 두문불출하는 모양이었다.

두 여자가 사랑하는 공간, 즉 소파가 무주공산이었다. 딸아이의 방문 앞을 잽싸게 스캔해보니 형광등 빛이 새어 나오고 있었다. 딸아이를 혼자 두고 외출하는 경우가 거의 없으니 아내는 분명 내가 버리고 간 안방을 차지하고 있으리라. 자연스럽게 나는 소파를 해방구로 지정하고 접수했다. 리모컨과 노트북이 좌청룡 우백호처럼 나를 호위하고 있으니 세상에 두려울 게 없었다.

필리버스터의 장을 소파로 정하고 묵묵히 서핑하면서 시간을 죽이기 시작했다. 동시에 리모컨을 소유하는 것이 이토록 달콤한 권력인지 새삼 실감을 하였다. 권력의 달콤한 맛을 극대화하기 위해서 일단 밥을 먹기로 했다. 고난의 행군을 하는 자가 진수성찬을 차릴 수가 없다. 맹물에 밥을 말았고, 고추장을 반찬 삼아 먹었다. 모호한 설거지법의 독소 조항에 항의한다는 표시로 밥그릇과 고추장 종지를 거실 탁자에 그대로 내버려두었다.

이제 두 여자 중에 하나라도 나와서 거실의 상황을 보면 된다. 나의 분노가 얼마나 큰지 몸소 실감하게 되리라는 기대를 하면서 느긋하게 티브이를 보기 시작했다. 그런데 한 시간이 지나도 두 시간이 지나도 두 여자는 각자의 처소에서 미동도 하지 않았다. 이 정도 시간이면 적어도 딸아이는 화장실을 다녀올 타이밍이 되었음에도 인기척이 없다.

딸아이는 권리 위에 잠자는 방관자이며 절대 권력에 순응하여 자신의 이익을 누리는 비겁한 식구였다. 제 엄마의 행동 노선에 자발적으로 복종하고 있음이 틀림없었다. 나도 나의 해방구 소파를 사수하기로 했다. 담배 피우고 싶은 것도 참았고, 화장실 볼일도 자제했다. 내가 자리를 비우면 나의 동향을 호시탐탐 감청하고 있음이 틀림없는 두 여자가 소파를 차지하고 나는 다시 저 어둠침침한 서재에서 칩거해야 할지도 모르니까 말이다. 속절없이 무려 네 시간이 흘렀다. 여자들은 확실히 생리 현상을 참는 능력이 남자보다 우월하다. 도대체 어떻게 대낮에 방에서 한 번도 나오지 않고 네 시간을 버틴단 말인가.

도저히 이길 수 없다는 좌절감이 밀려왔다. 긴장도 풀어졌다. 동시에 골프채를 524번 휘두른 피로가 졸음으로 승화되어 밀려왔다. 나도 모르게 깜빡 잠이 들었고 꿈인지 생시인지 모르는 상황에서 현관문이 열리는 소리가 났다. 지금 방에 있는 두 여자 말고는 우리 집 현관문을 스스로 열고 들어올 수 있는 사람은 이 세상에 없으니 이건 꿈이 틀림없다고 결론을 내리고 다시 눈을 감았다.

힘이 없는 초식동물의 본능과 비슷한 감이 와서 눈을 떠보니 내 앞엔 외출복 차림의 아내가 김유신 장군처럼 버티고 서 있었다. 아내는 외출 중이었다. 그리고 내가 먹다 남긴 흔적을 동정심과 비웃음이 가득 담긴 표정으로 바라보았다. 악법에 대항하는 분노의 표시로 기획했던 장면은 나도 모르게 구차스럽고 창피한 궁색으로 변신하였다. 어찌할 바를 모르고 감정의 아노미에서 허우적대는데 아내는 곧장 딸아이의 방으로 향했고 잠시 뒤에 아내의 질타가 들려왔다. "아이고, 도윤아. 낮잠을 한나절이나 자면 어떡하냐? 빨리 일어나. 오늘 외식하기로 했잖아."

코흘리개 시절 개구리 뒷다리를 구워 먹다 엄마에게 혼났을 때처럼 당황한 나는 주섬주섬 내가 먹은 것을 설거지하고 두 여자를 따라서 집을 나섰다.

무서운 사람과 친절한 사람

'직장과 일상생활에서 벌어지는 다양한 지위싸움의 심리학'이라는 실용적인 부제를 단 『버티기와 당기기』(톰 슈미트·미하엘 에서 지음, 산수야, 2010)에 의하면 서로 높은 지위를 차지하려는 싸움에서 내면의 상태가 건물의 뼈대라면 외면은 건물의 앞면이다. 내가 아내에 대항해서 행한 필리버스터는 말하자면 뼈대와 기초가 부실한 건물에 화려한 치장을 한 것과 마찬가지였다. 비폭력적이고 지극히 일상적인 평화로운 나의 시위는 겉보기에는 괜찮아 보이지만 실상은 '유리멘탈'이라는 건물의 뼈대에 위태롭게 걸쳐진 외장에 지나지 않았다.

우리가 싸우기를 원하든 원치 않든 모든 직장이나 남녀 사이 그리고 가정에서 지위 싸움은 필연적으로 나타난다. 지위 싸움은 단 몇 초 만에 끝나기도 하고 누가 지위가 높고 낮은지가 확연히 결정될 때까지 계속될 수 있다. 불행하게도 나와 아내의 지위 싸움은 오래전에 결정되었는데 나는 그 사실을 인지하지 못하고 있었던 게다. 나와 아내와 사이에 지위 싸움이라는 것은 애초에 존재하지 않았을 수도 있다.

애당초 내 마음의 건물은 모래로 지어졌고 아내의 그것은 강하디강한 철근으로 지어진 것이 분명하다. 애초에 이길 수 없는 지위 싸움을 심심찮게 벌인 나는 늘 아내보다 지위가 낮은 나의 위치를 새삼 실감하는 결과만을 얻을 뿐이었다. 도저히 겨룰 수 없는 높은 지위에 있는 사람과는 감히 지위 싸움이라는 것을 벌이지 못하겠지만 지위 차이가 크지 않은 직장 동료나 연인 사이에서는 늘 이 싸움이 자연적으로 발생한다.

인간이 본능적으로 지위 싸움을 하는 이유는 간단하다. 실행력을 확보하고 싶은 것이다. 소위 말빨이 있다는 것은 말솜씨가 뛰어나다는 의미도 되겠지만 지위 싸움에서 승리해서 상대적으로 더 많은 실행력을 확보했다는 증거가 되겠다. 지위 싸움에서 승리한 사람은 늘 자신이 원하는 방향으로 타인을 이끌어가고 자신의 말을 다른 사람이 존중해주는 달콤한 열매를 수확한다.

톰 슈미트와 미하엘에서의 공저 『버티기와 당기기』는 유형별 지위 싸움에서 승리하기 위해 성격과 감정을 효과적으로 다스리는 방법을 담고 있는데 내가 무릎을 탁 치고 공감한 부분은 따로 있다. 지위 다툼에 관한 근본적인 명제를 말하는 부분이다. 지위 다툼에서 사람은 두 가지 유형으로 구분된다고 한다. 다른 사람에게 존중받고자 하는 사람과 타협과 이타심을 발휘하는 사람이 그 두 부류다. 전자는 동료애를 잃더라도 자기 뜻을 관철해야만 속이 편한 사람이다. 후자는 나처럼 다른 사람과 불편하게 지내는 것을 못 참는 성격인데 남과 다투기보다는 양보하는 것이 편한 부류다.

누구나 예상할 수 있듯이 높은 지위를 차지하는 사람은 늘 전자의 부류다. '인간적이고 법 없이도 살 사람'이라는 평가를 듣는 사람치고 높은 지위에 있는 사람이 많지 않은 이유도 이 때문이다. 내가 조금 손해를 보더라도 평화롭게 사는 것이 익숙한 사람은 '성격 좋고 배려심이 많은 사람'을 포기하고 전쟁을 치르더라도 자기 뜻을 관철하는 사람보다 높은 지위에 이르기 어렵다.

가령 군대에서 자신에게 무섭게 굴고 걸핏하면 얼차려를 주는 선임자와 따뜻하고 싫은 소리 한번 없이 친절하게 대하는 선임자가 동시에 후임자에게 명령을 내렸을 때 그 후임자는 누구의 명령을 좇을까? 내가 경험한 바로 그 후임자는 약 1초간 고민한 후에 어김없이 무서운 선임자의 뜻을 따른다. 각종 사건 사고도 병사들을 최대한 편하게 해주는 지휘관의 부대에서 많이 발생한다.

학교에서도 마찬가지다. 학생들을 무섭게 다루고 엄격한 선생님의 수업 시간에는 아이들이 감히 딴짓을 못 하고 수업에 집중한다. 속으로 욕하면서도 선생님의 지도에 잘 따른다. 반면 마냥 착하기만 한 선생님의 수업 시간은 소란스럽고 학생들이 제멋대로 하는 경우가 많다. 자신에게 무서운 사람과 친절한 사람을 사이에 두고 결정을 내릴 때 대부분의 사람은 무서운 사람의 손을 들어주고 그들의 뜻에 따른다. 그래서 존중을 추구하는 사람은 실행력을 얻는 것이다.

동료애를 잃고 존중받는 사람이 될지 존중받기를 포기하고 동료애를 얻을지는 선택이 아닌 천성의 문제가 아닐까 싶다. 나의 경우는 직장에서는 후자이고 집에서는 전자에 속하려는 듯하다. 아무리 생각해도 직장에서는 전투적이고 가정에서는 이타적이어야 하는데 말이다. 『버티기와 당기기』를 읽다 보니 내가 아내와 딸과의 다툼에서 늘 패배하는 이유를 알 것도 같다.

“

조건 없이 은혜를 베푸는 사람들

골프를 시작했다. 지난겨울 여러 가지 골치 아픈 일이 많았을 때 “건강이라도 챙겨야 한다”라는 지인의 충고를 따른 것이다.

우선 내 신앙의 근본인 ‘장비 우선주의’에 입각해서 멋있는 골프채와 주변 장비를 마련했다. 개인 지도를 받기 시작했는데 ‘빨리빨리주의’라는 나의 또 다른 신앙에 입각해 남들은 일주일씩 한다는 공을 때리지 않는 ‘빈 스윙’ 연습과 공을 멀리 보내지 않고 코앞에 떨구는 ‘똑딱이’ 과정을 이틀 만에 마쳤다.

골프라는 운동이 결코 살을 빼는 데는 도움이 되지 않는다는 것을 본인의 몸으로 증명해주는 나의 은사(티칭프로)께서는 필드에서의 경험이 무엇보다 중요하다는 것을 강조하셨고 나는 골프채를 잡은 지 대략 3주 만에 파3 골프장에 진출하는 기염을 토했다.

그로부터 또 한 달 후 드디어 첫 라운딩을 할 기회가 생겼다. 이미 파3 골프장 라운딩의 시행착오 결과 골프장에 가려면 '자기 볼은 자기가 알아서 챙겨 가야 한다는 중요한 사실까지 깨우친 나는 정규 골프장을 가는 데 손색이 없는 골퍼였다. 인터넷 검색을 통해서 '첫 라운딩을 할 때 주의해야 할 점'까지 숙지하는 치밀함을 발휘했다. 다만 내가 드라이버를 쳐본 적이 없다는 흠이 좀 마음에 좀 걸리긴 했다. 물론 그 문제도 전날 저녁 개인 티칭 프로에게 대략 5분간 교육을 받아서 해결했다. 이제 나는 드라이버 치는 법도 알고, 골프장에 갈 때는 골프공을 준비해야 하는 것도 아는 몸이 되었다.

자수하고 싶었다

드디어 내 인생 첫 라운딩의 아침이 밝았다. 라운딩을 함께할 우리 조는 네 명인데 그중 두 명은 구력이 10년 이상이며 나와 한 동행자는 구력이 없다고 해야 맞는 처지였다.

라운딩을 시작하면서 나와 다른 초보 골퍼는 우리에겐 슈퍼갑이라고 볼 수 있는 캐디 님께 우리의 골프 경력과 실력을 가감 없이 실토했고 선처를 당부했다. 인자하신 캐디 님께서는 '아무 걱정 마시고 편하게 하시라'며 우리를 격려해주었다. 첫 홀의 티샷을 준비했다. 저 멀리 아득한 페어웨이를 보니 공부를 하지 않은 수능 수험생의 신세가 절로 공감되었다.

왼쪽에는 거대한 저수지가 있고 오른쪽에는 울창한 숲이 내 공을 잡아먹으려는 기세로 자리 잡고 있었다. 또 페어웨이에도 벼룩의 간이라도 빼먹을 기세로 벙커라고 불리는 모래사장이 나를 노려보고 있었다. 출제자가 의도한 정확한 답을 알지 못해서 매력도가 높은 오답을 선택하는 수험생의 신세가 바로 나였다.

"아몰랑"이라고 외치고, 복날에 목줄을 조임당하며 다리 아래로 끌려가는 개처럼 체념한 상태로 어제 처음 배운 긴 골프채(드라이버)를 휘둘렀다. 내가 친 공은 정확히 거대한 저수지를 향해 패트리엇미사일처럼 용맹하게 향했고 잠시 뒤에는 '풍덩' 하는 소리가 들려왔다. 나는 실력이 없는 것이 아니고 불운했다. 그리고 한국의 골프장 설계자들도 큰 문제였다. 어찌 되었든 골퍼들을 살리는 쪽으로 가야지 어쩌자고 저수지나 산을 저토록 절묘한 위치에 배치한단 말인가? 나는 공을 똑바로 제대로 쳤는데 심성이 바르지 못한 골프장 설계자가 그 위치에 저수지를 조성했을 뿐이었다.

어쨌든 서둘러 카트를 탔고 '해저드 티'라고 불리는 열등생을 위한 장소에서 두 번째 샷을 쳤다. 두 번째 샷에서 내가 친 것은 공이 아니고 불쌍한 잔디였다. 본능적으로 우리의 라운딩을 관장하시는 캐디 님을 바라보았다. 그러곤 "저기요, 캐디 님 한 번 더 쳐도 될까요?"라고 탄원했다. 내가 한 번 더 치기를 소원한 것은 성적 때문이 아니고, 티샷에서 230미터를 날리시고 지평선 끝에서 나를 기다리는 고수 동행자에게 조금이라도 가까이 다가가고 싶었기 때문이다.

나의 요청에 우리의 엄격하신 캐디 님께서는 '쳐도 되냐고 묻지 말고 빨리 치시오'라는 엄명을 내리셨다. 구성원의 자발적이고 적극적인 조치를 좋아하시는 분이었다. 선조치 후보고를 하라는 명령을 하달받은 나는 잽싸게 전방을 향해 포격을 가했다. 캐디 님께서는 '돌격 앞으로'를 외치셨다. 다음 조가 우리를 바짝 추격하고 있다는 것이다. 그는 노련한 중대장이었고 나는 고문관 졸병의 신세였다. 고지를 점령하는 것이 문제가 아니라 우리를 추격하는 적(다음 조)에게 생포되지 않는 것이 급선무라고 말씀하셨다. 그는 우리 초보 두 명에게 뛰라고 명령하셨다. 내가 왜 내 돈 내고 도망을 다녀야 하나 싶은 회의가 들기도 했지만 일단 명령대로 정신없이 치고 달렸다. 두 번째 홀에서는 티샷을

했는데 역시 거대한 저수지에 빠졌다.

그런데 확실히 첫 번째 홀보다는 나의 골프 실력이 향상되었음이 증명되었다. 처음 저수지에 빠졌을 때는 '풍덩' 하는 굉음과 함께 속절없이 곧장 저수지 바닥으로 침몰했는데 이번엔 마치 수륙양용 전차처럼, 바다를 가른 모세처럼 저수지 물 위를 쏜살같이 치고 나아갔다.

더욱 고무적인 것은 내 어릴 적 물수제비 뜨기의 최고 기록이 네 개였는데 그 기록을 경신한 것이다. 골프채라는 도구가 동원되긴 했지만 나는 두 번째 홀에서 볼을 저수지로 보냈고 내가 보낸 볼은 무려 여섯 개의 물수제비를 만들며 저수지를 돌파했다. 어찌 됐든 내 볼의 종착지는 저수지 바닥이었고 또다시 해저드 티라는 곳으로 끌려갔다. 마치 고향에 온 느낌이고 푸근해서 스윙은 부드러웠고 볼은 곧게 앞으로 나아갔다.

페어웨이의 목 좋은 곳에 있는 내 볼을 치려는데 웬 낯선 볼이 하나 보였다. 어떤 멍청이가 볼을 잃어버리고 그냥 간 것이 분명했다. 그 볼을 챙기기로 했다. 사실 나는 이미 금쪽같은 볼 서너 개를 골프장 저수지와 숲에 상납한 처지이며 그 수치는 현재 기하급수적으로 증가 추세에 있다는 것을 고려하면 내가 주운 하나의 공은 나의 손실에 대한 '미진한 보상'에 지나지 않았다.

그런데 잠시 후 누군가 내 뒤에서 투덜대는 소리가 들린다. 티샷에서 장타를 제대로 날리고 흐뭇해하던 동행자였다. 자기 볼이 없어졌다는 것이다. 분명 자기 공은 똑바로 페어웨이 중간에 잘 떨어졌는데 볼이 보이지 않는다는 것이다. 급기야 우리의 존엄하신 캐디님께 자기 볼을 빨리 찾으라고 닦달을 한다.

아무리 생각해봐도 바로 앞에 내가 '미진한 보상'이라고 생각하고 챙겼던 볼이 지금 저 양반이 그토록 애타게 찾는 '귀한 자식'임이 틀림없었다. 어쩌자고 또 이런 실수를 했느냔 말이다. 자수하고 싶어도 광명이 아닌 큰 엄벌과 망신이 나를 기다리고 있을 것이 분명해서 할 수가 없었다. 나는 그 '미진한 보상'이 혹시나 남의 눈에 띌세라 호주머니 깊숙이 쑤셔 넣었다. 다행히 집 나간 자식(사실은 유괴된)을 찾지 못한 그 골퍼는 자신이 원하는 좋은 위치에서 다시 샷을 했고 자신이 원하는 위치에 볼을 보냈다.

'정상 멘탈'을 회복한 그는 아빠 미소를 지으면서 내게 다가왔다. 그는 아마도 내가 자신의 공을 챙긴 범인인 줄 알았을 것이다. 주변에 얼쩡거린 사람은 나밖에 없었으니까. 어쨌든 그는 내게 분홍색의 얄궂은 볼을 하나 쥐어주었다. 색깔을 보아하니 여성 골퍼가 사용한 것이고 이 볼을 줄 터이니 '기'를 받아서 앞으로의 라운딩에 행운이 깃들기를 바란다는 것이다.

지구 전체를 흔든 이야기

그 순간 그의 얼굴을 제대로 보지 못했다. 지구 전체를 흔든, 짧고 아름다운 우화 같은 소설이란 광고 문구가 결코 과장이 아닌 미셸 깽의 『처절한 정원』(문학세계사, 2004)이 머릿속을 맴돌았다. 1942년 말 한 프랑스의 형제가 레지스탕스 세포조직에 가담했는데 동네에 있는 변압기를 모두 폭파하라는 명령을 받았다. 변압기를 폭파해야 하는 이유도 모른 채 형제는 아무런 사전 준비 작업 없이 폭발물이 든 가방을 들고 변압기가 있는 기차역으로 향했다. 다행스럽게도 형제는 성공적으로 임무를 완수한 뒤 집으로 돌아와 편하게 잠들었다.

그러나 지하실에서 숨어 지내던 그들은 곧 수상쩍다는 이유로 독일군에게 체포되었고 변압기를 폭파한 테러범을 체포하기 위한 인질이 되었다. 사실 그 형제들이 변압기를 폭파한 범인인데 그 사실을 모르는 독일군들은 만약 3일 이내에 범인이 자수하지 않으면 형제와 함께 체포된 다른 인질 두 명을 대신 처형하겠다는 엄포를 놓은 것이다. 그 형제가 인질이자 범인인데 진범이라고 자수할 사람이 있을 리 만무한 상황이었다.

진범이지만 인질로 여겨진 그 형제와 무고한 동네 주민 두 명은 구덩이 감옥에서 죽음을 기다리고 있었다. 나중에야 알게 된 사실이지만 독일군이 이 형제들을 범인으로 의심해서 인질로 체포한 것은 아니었다. 이들은 형제들이 선수로 활약한 축구팀에 대패한 팀의 열렬한 프랑스인 팬이었고, 자신들이 응원하는 팀에 패배를 안겨준 형제에게 앙갚음하기 위해 동포에게 누명을 씌워 독일군에 고발한 것이었다.

구덩이에서 죽을 운명이었던 무고한 시민 두 명과 진범 형제는 극적으로 풀려났다. 진범이 자수했고 그는 곧 처형되었다는 이야길 전해 듣는다. 자신의 남편을 변압기 폭발 범인이라고 고발한 한 부인이 나타난 덕분이었다. 무고한 형제와 인질들이 진범이 나타나지 않으면 처형되리라는 소문을 들은 그 부인은 마침 결혼한 지 한 달 만에 큰 사고로 목숨이 위태롭던 남편이 죽기 전에 의미 있는 일을 할 수 있도록 자신의 남편을 진범으로 고발한 것이다. 아내의 뜻을 따르기로 한 남편은 자신이 진범이라고 병상에서 자백했고 독일군은 그의 말을 믿을 수밖에 없었다. 그는 변압기가 폭발한 역의 전기공이었으며 폭발로 인해 죽음에 이를 정도의 화상을 입었기 때문이다. 형제는 그가 근처에 있는지도 모르고 변압기를 폭파한 것이다.

전쟁이 끝나고 그 형제 중의 한 명은 자신들을 구해준 그녀와 결혼을 했다. 그리고 죽을 때까지 피에로로 분장하여 다른 사람을 즐겁게 해주는 봉사 활동을 했다. 소설 속에만 감동적인 이야기가 있는 것은 아니다. 우리의 일상생활에서는 타인에게 조건 없이 은혜를 베푸는 사람들이 있다. 나는 그날 골프장에서 그런 사람을 만난 것이다.